救ってくれたのは超人気俳優でした

釘宮つかさ

illustration:
小禄

prism bunko

CONTENTS

救ってくれたのは超人気俳優でした

＊

「閉店、ですか……？」

店長から告げられた言葉に、六車冬雪《むぐるまふゆき》は愕然とした。

先ほど、店のバックヤードでペットボトルの品出しをしていたところへ店長がやってきて、事務室に呼ばれた。

シフトの勤務時間がもうすぐ終わるという頃なのにと首を傾げつつついてきたものの、そのときから、なんとなく悪い予感がしていたのだ。

――この店で働き始めてから三か月。やっとすべての業務を覚えたところだったのに。

言葉を失った冬雪に、店長は顔の前で両手を合わせて謝った。

「ああ、ホント、いきなりで申し訳ない。実は僕も、つい昨日本部から言われたばっかりなんだよ。六車くんはよく働いてくれるし、試用期間も今日で終わるから、これからばりばりシフトに入ってもらおうと思ってたところだったんだけど……」

コンビニエンスストアの制服であるロゴ入りの上着を着た四十代の店長は、すまなそうに疲れの滲む顔を顰めている。寝耳に水の閉店話に、彼も本当に混乱しているようだ。

なんでも、冬雪がバイトに入ってしばらくした頃から、近隣にあるスーパーが営業時間を深夜まで延ばした。更には、徒歩圏内にライバル店のコンビニが何店かオープンしたことも重なり、売り上げががくんと一気に下がってしまったらしい。

言われてみれば、この三か月の間、確かに接客業務は思った以上に暇だった。

とはいえ、冬雪のシフトは深夜帯で、そもそも客が少なめの時間帯だ。

接客はもちろんするけれど、比重的には掃除や品出し、発注業務などが主で、立て続けに客が訪れたり混雑したりすることは少なく、客足の衰えを気にすることもなかったのだ。

主要な駅からは少し離れた場所だとはいえ、この店の周囲にもコンビニは多くて、どこも客の取り合いだ。

ここはフランチャイズ店舗ではなく、本部が統括している店だ。店長も本部から来た社員で、店のことで裁量権はほとんどなかっただろう。

それでも状況を打開すべく、各種セールを積極的に展開し、独自のキャンペーンを打ち立てて、店長も集客をはかったが、どれも劇的に売り上げを回復するには至らなかった。

その結果、本部では『この店舗は、今後も売り上げ増の見込みが薄いだろう』という結論に達してしまったらしい。

客には明後日閉店を知らせ、店を閉めるのは二週間後だそうだ。すぐに売れるような食品類以外はもう入荷せず、主に買い切り品の在庫処分セールを行うため、今後はそれほど人手もいらないらしい。

――つまり、新入りの冬雪は今日でクビ、というわけだ。

週三日、夜九時から朝の七時まで。冬雪にとって、ここはやっとの思いで得たアルバイト先だった。

今度こそ、できるだけ長く勤められればと張り切っていた分も、衝撃は大きかった。だが、全員解雇なのだから、誰にもどうしようもない。

「残念ですが、事情はわかりました。短い間でしたが、これまでお世話になりました」

そう言って冬雪がぺこりと頭を下げると、店長が苦笑いを浮かべた。

「いやいや、無遅刻無欠勤でせっかく店のことも覚えてくれたのに、ホントすまないね。僕が近隣の店舗に回されるなら、またぜひ働いてもらいたいとこなんだけど、僕もどこの店に行かされるかまだわからなくてね……ああもう、今から嫁さんになんて言おうか頭が痛いよ」

妻と幼い子供二人がいる店長のぼやきに、冬雪は内心で居た堪れない気持ちになる。

店長は、突然空いた欠員の穴埋めにも快く応じる冬雪を重宝し、入れる限りシフトを組んでくれた。

おそらく彼は、フリーターの冬雪が『バイト先がなくなること』にショックを受けていると思っているのだろう。

だが、冬雪の衝撃は、ここが閉店することだけではなかった。

――口には出せなかったが、またなのか、と内心でショックを受けていたのだ。

いつの間にか集まってきた小さな黒いもやもやが頭や肩の上にいる。ふわふわとした、黒い綿毛のようなそれをさりげなく手で払うと、少しだけ体が軽くなる。けれど、奴らはすぐに戻ってきてしまうので、楽なのはほんのわずかな間だけだ。

店長には見えないようで表情は変わらない。それもそのはず、これは霊感の強い人か、もしくはまとわりつかれている冬雪自身にしか見えないのだから。

（すみません、店長……閉店は……たぶん、俺が入ったせいです……）

誰にも伝えたことはないけれど、実は冬雪は憑き物体質らしく、生まれながらにこういった小さな邪のモノや大小の悪霊たちを自然と集めてしまう。

そのせいか、これまで冬雪が入った勤務先は、一つの例外もなく潰れたり、閉店の憂き目に遭ったりしているのだ。

最初に就職した懐石料理店は半年もった。次に入った個人経営のイタリア料理店は三か月ほど。時折日雇いのバイトをしつつ見つけたその次のファミレスは二か月で本社が倒産し、そして今のコンビニがもうすぐ三か月目というところで閉店が決まってしまった。

物理的な事情で営業停止になるか、もしくは経営が成り立たなくなって夜逃げするか——。

事情は毎回異なるものの、どの勤務先も同じだ。

仕事の覚えも悪くはなく、やる気もある。下働きでも皿洗いでも、どんな仕事にも真面目に取り組むので、働き者だと褒めてもらえる。

けれど、幸運を呼ぶという座敷童とは逆パターンの疫病神のように、冬雪が世話になった勤務先は、どうしてなのか、必ず次々と潰れてしまうのだ。

――まだ十九歳だというのに、こんなに何度も職を失う羽目になるなんて。

基本的に前向きで、落ち込まない性格だとは思うが、自らのあまりの運の悪さには、さすがに絶望しそうになる。

(……これもまた、お前たちのせいなんじゃないのか……?)

自分にまとわりつくこいつらが不幸を呼び寄せているとしか思えない。何せ実際、冬雪はこのもやもやたちに道路や線路に引きずり出され、何度も死にかけているのだから。

見た目だけは愛らしくてほわほわしている分、余計にたちが悪い。

罪悪感に包まれながらもどうしようもなくて、せめてもと冬雪は心の中で店長に謝罪する。

良かったら弁当とか今日は好きなだけ持って帰ってよ、と言われ、後ろめたさを押し隠し、礼を言ってバックヤードに置かれたカゴの中をチェックする。消費期限少し前に下げてあったサンドイッチやサラダ、おにぎりなどを夕食用にいくつかもらった。

次は、同じ時間にシフトに入っている同僚の大学生を呼んでくるよう言われた。

「佐山《さやま》さん、店長が呼んでます」

事務室を出て、重たい気持ちで声をかけると、レジ締めをしていた佐山が「なんだろ、あっ、まさか夏に寸志出るとか!?」と冗談ぽく訊いてくる。そんなことならどれだけいいかと思いながら、冬雪はぎこちない笑いを浮かべて、いえ、と首を横に振る。

なーんだ、というようにあくびをしながら手早く売り上げをまとめ、事務室に入っていく彼は、確か地方出身の一人暮らしだ。バイトで生活費を賄わなければならないはずだから、閉店になればきっと急いで次のバイトを探さねばならなくなるだろう。内心で胸を痛めながらも、冬雪は彼の背中を見送ることしかできなかった。


シフトの終わり時間になり、次のバイトと交代してから、事務室の隣にある狭い更衣室で制服の上着を脱ぐ。

ロッカーの扉についている小さな鏡に映る自分の表情は、情けないくらい沈んでいる。癖のつかないさらさらした黒髪に、くっきりとした二重瞼の黒い目。どことといって特徴のない平凡な顔だけれど、目に感情が出やすいので、こんなときに鏡の中の自分と目が合うと余計に暗い気持ちになってしまうのが切ない。

(落ち込んだって仕方ないだろ……?)

そう自分に言い聞かせると、冬雪はぱちっと両手で自らの頬を軽く叩く。

脱いだ制服はきちんと畳み、棚に戻す。給料は振り込みだから、手続きはもう何もない。

更衣室を出たところで、ちょうど事務室の扉が開いて同僚の佐山と出くわした。

お先に、と声をかけると、「ああ、お疲れ……」と機械的な答えが返ってくる。最後に事務室にもう一度顔を出し、店長に挨拶してから扉を閉めた。

（……もしかしたら、俺が辞めさえすれば、客足は戻るのかも……）

けれど、その理由を説明しても信じてもらえるとは到底思えない。すでに閉店は決定してしまったのだ。よほどのことがない限り、今更それがなしになるはずもない。

疲れた表情の店長にそんな確証のない話を打ち明けることはできず、ただ詫びの気持ちを込めて、深く頭を下げてきた。

冬雪たちと交代で、レジには昼までのパートの女性が入っている。

「お疲れさまでしたぁ」

カウンターの背中側にあるタバコの補充確認をしながら、明るい笑顔で声をかけられ、冬雪も「お疲れさまです」と挨拶を返す。

自動ドアを出ると、店の前では先月散り終えたばかりの桜並木が青々とした葉を天に向かって茂らせている。

爽やかな空気の中、自分の気持ちとは裏腹のすがすがしい朝の日差しが眩しい。

足早に進む通勤客たちにまぎれ、冬雪は駅の方向へと歩き出した。

バイト先――いや、元バイト先となったコンビニの最寄りから五駅先で、冬雪は混雑し始めた電車を降りる。

改札を出てしばらく歩いたところにある商業ビルに入ると、狭いエレベーターを使わずに階段を四階まで上った。

「いらっしゃいませ！　あ、こんにちは」

受付にいたすでに顔馴染みの店員に笑顔で迎えられ、「こんにちは」と挨拶を返して会員カードを渡し、格安の十時間パックを選ぶ。まだ鍵付きの個室が空いていてホッとした。

ここは、ここのところ冬雪が定宿にしているインターネットカフェだ。

大手のチェーン店なので、個室内はいつも清潔に整えられていて、料金が安い。しかもシャワールームも設置されていて、なんといってもチェックアウトしたあとも格安料金で荷物の預かりをしてくれるのが助かっている。

荷物の引換証を出して、店員が奥から出してきてくれた大きめのショルダーバッグとバックパックを受け取る。この二つのバッグの中身が今の冬雪の全財産だ。

いったん個室に入って荷物を置く。ドリンクバーで温かいスープと茶を淹れて戻り、鍵を閉めて一人になると、やっと一息ついた。

（今日も、どうにか無事に生き延びられたな……）

一・五畳ほどのフラットシートの個室にはパソコンと小さな金庫しかないけれど、プライベートスペースを確保し、体を伸ばして眠れるだけでもじゅうぶんありがたい。

リュックの中からもらってきた食べ物の袋と、スマホを取り出す。おにぎりを頬張りながら、古い型のスマホをチェックし、着信もメールも届いていないことを確認する。

元々友人は少ないし、SNSの類いもしていないので、近況を知りたい相手もいなければ、誰かに伝えたいような出来事もない。

孤独ではあるけれど、誰かと交流を持つことを楽しめるほど暮らしに余裕がない。そのせいか、一人でいるほうが安心できるし、気楽だ。

冬雪の日々は、どうにか最低限の生活費を稼ぐだけで毎日せいいっぱいだ。だから、悲しいことに、〝寂しい〟という感情を抱けるような状況にはなかった。

動きを止めたせいか、コンビニでいったん追い払ったはずの黒いもやもやたちが再びどこからともなく現れる。奴らは嬉々として冬雪の腕や頭の上に乗り、そばに集まってくる。

バッテリーが古くてすぐに充電が切れてしまうスマホをギリギリのところでコンセントに繋いでから、ざっと手でそれらを追い払ったが、無意味だった。その後はもう、まとわりついてくるモノたちを払い除けることを諦め、ただ黙々と食事をした。

「……料理、したいな……」

思わずぼそっと独り言が零れて、慌てて口を閉じる。周囲の個室から特に苦情が上がらないことに胸を撫で下ろす。

独り言さえ言えない環境が虚しくて、改めて、どうにかしてまた部屋を借りて、せめて自炊ができる暮らしがしたいと心の底から思った。

食べ終えたおにぎりの包みを畳みながら、ふと店の人気商品だったパッケージを眺める。

（あの店、いいところだったのになぁ……）

半年ほど前のことだ。それまで冬雪が働いていた個人経営の飲食店が突然潰れた。翌日から店長とは連絡がつかなくなってしまい、給料未払いの上に失業保険をもらう手続きもできずに困り果てた。すぐに日雇いのバイトを探したものの、元々ぎりぎりの暮らしだったため、あっという間に翌月の家賃が払えなくなった冬雪は、やむなくそれまで住んでいたアパートの部屋を引き払うしかなかった。

それ以来、新たな部屋を借りる余裕もなく、こうしてネットカフェを転々とすることで、どうにか日々をしのいでいる。

家なしでも生きてはいけるが、困ったのは、住所不定の身ではバイトの面接に通らないことだ。

今日まで働かせてもらえていたコンビニは、以前バイトをしていた知人の推薦で、人柄に太鼓判を押してくれたおかげで、家なしの冬雪でも雇ってもらえた。つまり、普通ではありえないほど大変ありがたい職場だったのだ。

（……これで、いったい何店目だろう……）

深い自己嫌悪に陥りながら、簡単な食事を済ませ、残った食べ物を大事にまとめて荷物の奥にしまう。それから、借りてきた二枚のブランケットを布団代わりにして、クッションを枕にごろりと横になった。

空いている時間なので、近くの個室に人の気配はない。

本当なら、眠るのに最適な状況のはずなのに、どうしてなのか、逆に気が休まらない。

ぞわぞわと足元から寒気《さむけ》が込み上げる気配は、すでに慣れたものだ。

（ああ……また、集まってきちゃった……）

——目を開けなくてもわかる。

個室の隅のほうからたくさんの黒くて小さな邪のモノたちが現れ、横たわった冬雪の周りを取り囲んでいることが。

小さなほわほわとしたそれが体に乗るごとに、まるで石でも載せられているかのように体がずっしりと重くなっていく。邪気に身を搦め捕られるその感覚は、耐えがたいほど不快だ。大群となったそれらはからかうように髪の毛をつんつんと引っ張ったり、さわさわと手足の上を這ったりもする。

今日はそれほど害のない行動で済ませてくれるのかと安堵しかけたときだ。ふいに首の辺りをぞわりとする感触が走った。目を開けると、もやもやたちが繋がって、横たわった冬雪の首に絡みつき、締め上げようとしているところが映る。

「やめろ……、苦しいってば……」

かすれた声で訴え、冬雪は首との隙間に手を差し込んで、必死に引き剥がそうとする。

ぷつ、ともやもやたちの繋がりが切れると、やっと苦しさから解放される。ぜいぜいと呼吸を繰り返す冬雪の周りを嘲笑うかのようにぐるぐると回ったあと、もやもやたちは飽きたのか、ばらばらになって個室内のあちこちをさわさわと探索し始めた。

小動物以下程度の知能しかないらしいそれらは、幸いにして興味が薄れるのも早い。

これらの黒く小さなもやもやたちは、冬雪にずっと『憑いて』いるわけではない。冬雪が奴らの存在できるような暗くて空気の悪い場所に近づくと、敏く気づいて次々と集まってくる。反対に、人が多い場所や明るい光が照らす空気の澄んだ場所は苦手なようで、そういったところでは逃げるようにさっと消える。

一度もやもやに触れられた食べ物は穢れを受けるのか、傷みが早まり、飲み物も苦味が強くなったりする。荷物の奥のほうにしまった明日の朝食が無事でありますようにと願いながら、冬雪は深く息を吐く。

――黒いもやもやを根本的に追い払う方法は、ない。

そうして今日も警戒しつつ、もやもやたちの様子を窺う。気まぐれで唐突に動き出す奴らは、何を考えているのかさっぱりわからない。とはいえ、どうやら今すぐにまた首を絞められるようなことはないようだ。

（……どうにかしてやり過ごすしかないんだしな……）

どうせ逃げられないのだからと、諦め交じりの気持ちで思う。平和な今のうちに少しでも眠っておこうと、スマホの目覚ましをセットしてブランケットを被る。身を守るように体を丸めて、冬雪は目を閉じた。


——幼い頃から冬雪は、この黒いもやもやたちに『憑かれて』いる。

おそらく、生まれたときからそんな兆候があったのだろう。

生後四か月で両親から育児放棄をされ、冬雪は児童養護施設で育つことになった。

自分を児童養護施設に預けるとき、両親は疲弊しきっていたらしい。『この子には悪魔が憑いている、とても育てられない』と言って、冬雪を手放したそうだ。

養護施設で当時を知る古株の職員からその話を聞かされたとき、最初はショックだったが、今ではわかる。

——両親の言葉は、事実だったのだと。

両親が赤ん坊の冬雪を気味悪がったのは、この憑き物体質のせいだ。

それらは、他に人がいようとも冬雪を選んでまとわりつき、ぼんやりしていると、今のように首を絞めようとしたり、もしくは走る車の前や線路に突き出そうとしてみたりと、恐ろしいいたずらを繰り返してくる。

一匹ずつは手のひらサイズのもやもやとした黒いかたまりで、触れた感触もどこかふわふわとしていて掴みどころがない。見た目や触り心地だけならば愛嬌があると言えないこともないのだが、その実、どうにかして冬雪を死に至らせようとする、酷くたちが悪い存在だ。

しかも、この小さな黒いもやもやだけならともかく、こいつらにまとわりつかれていると、更に大きな邪のかたまりである、悪霊のようなモノが現れたりするのがやっかいだった。

そういったモノに目をつけられると、黒いもやもやたちの比ではない力で暗闇に引きずり込まれそうになる。実際、冬雪は何度死にかけたかわからないほどだ。

そのせいで、施設では自殺願望のある子供として注視され、カウンセラーが呼ばれたりもしたが、正直に事実を話しても誰も信じてはくれなかった。精神鑑定を受けるに至った頃、黒いもやもやのことは人に話してはならないと気づいて、口を閉ざすようになった。

いったいなぜ、こんなモノにまとわりつかれるのかは謎だ。これまでも、貯めた小遣いでお祓いを受けたり、盛り塩をしたり、利くと評判のお守りを取り寄せて身に着けてみたりと、できることはすべてしてみたが、これらを消すことはできなかった。

本来なら高校までは公立でも私立でも学費を免除されるはずだったが、受験の日に、冬雪は持ち前の運の悪さを強力に発揮した。その日に限って黒いもやもやが大量に発生し、まとわりつかれて高熱を出したせいで、そもそも試験自体を受けられなかったのだ。しかも、追試験の際には駅の階段から落ちて足を骨折し、結局それも受けられずに終わった。

やむを得ず夜間高校に入ったものの、夜の学校内には黒いもやもやが大量に蔓延っていて何度も首を絞められたり、階段から突き落とされそうになって命の危険があり、通信制に切り替えるしかなかった。勉強以外の時間はせっせと近所の店でアルバイトに励み、働くたびに勤務先が閉店したり倒産したりして何度も職を失いつつも、まだそれが自分のせいだとは気づかずにあちこち面接を受け、施設に戻ると必死で課題をこなした。どうにか卒業証書を受け取り、養護施設を出ることになってから、まだ一年と三ヶ月ほどしか経っていない。

働いていた店が潰れても、新たな職を見つけてはやりくりしていたが、長くて数か月、短いと数週間で職を失うためにどうやっても生活が成り立たない。

そうやって、少しずつ追い詰められ、今ではネットカフェを時間借りするのがせいいっぱいのホームレスだなんて、誰にも言えない。

せめて眠りの中でくらい現実から逃れたいのに、眠るたびに冬雪はよく同じ夢を見た。

夢の中で冬雪は、つい先ほど、まさに自分を苦しめていた黒いもやもやになっているのだ。

なんとも不思議な夢だが、少しも違和感はなかった。

手足すらない黒いもやもやになった自分は、その状況を当然のように受け止めている。本能しかない邪のモノは、人の苦痛や悲しみを養分として啜り、それを糧として生きている。

しかし、嬉々として人々を不幸に陥れようとする野蛮な仲間たちの中でも、なぜか冬雪は人を苦しめて生きることに苦痛を感じていた。そのせいか、人間を攻撃することができず、いつも飢えていたため、邪のモノたちの中でも蔑まれる、最弱の存在だった。

そんな中、冬雪は神気によって祓われ、消されそうになった仲間を助けて、あっけなく命を落とした――。

音を消したスマホの振動で、夢が途切れた。

夢見は最悪だったが、殺されずになんとか無事に目覚められたことに感謝し、昨日の残り物と温かいスープで朝食を済ませてから腕時計を見る。ここを出なくてはならない時間まで、あと一時間ほどあった。

（あの夢って、いったいなんなのかな……）

今も個室の隅をうろついている数匹の黒いもやもやたちを眺めながら、冬雪はぼんやりと考える。

今日は途中で終わったが、夢には続きがあった。

邪のモノとしての生を終え、輪廻の渦に呑み込まれた自分は、運良くヒトに転生する、というものだ。

しかし、現世では、逆に黒いもやもやたちにまとわりつかれ、また不運は続いていき——。

つまり、夢の中の状況をそのまま受け止めると、冬雪は前世で、あの黒いもやもやだったことになってしまう。

悪い夢にも程がある、と苦く笑って首を横に振る。

昨夜で仕事を失ったために無職の身なので、時間だけはある。とはいえ、いくら悪夢のことを考えていてもどうにもならないと、冬雪は夢について考えることをやめた。

（……俺以上に運が悪い人って、どっかにいるのかなあ……）

いないかもしれない、と思うと悲しくなってくるが、逆にこれだけの不幸に見舞われても、まだ命があるだけ幸運なのかもしれない。

気持ちを切り替えて荷物をまとめ、財布の中の心もとない残金を計算する。

どんなに切り詰めてみても、このままだと来月の最後の給料日までぎりぎりだ。

コンビニバイトを続けられていれば、消費期限切れの弁当やおにぎりが食べられる。

そのおかげで、仕事がある日は食費がかからずにかなり助かっていたが、この分ではすぐにでも次の仕事を見つけなくては飢えてしまいそうだ。ネットカフェに泊まることすらできなくなって、最悪、公園で野宿する羽目に陥ってしまう。

（夜の公園には泊まりたくないしな……）

一度だけ、やむを得ずに公園で一夜を明かしたときのことを思い出して、冬雪はぞっとした。

人気《ひとけ》がなく、暗闇が多い場所は、黒いもやもやたちが集まりやすい。もしベンチで寝泊まりなどしようものなら、あのときのように、黒いもやもやたちや近くにいる悪霊が異様なほど大量に集まってきて、死を覚悟しなければならなくなるだろう。

しばらく悩んでから、知人になにか仕事を紹介してもらえないか訊こうとスマホを開く。メールをチェックした冬雪は、思わず目を輝かせた。

＊

「おー、冬雪、こっちだ」

翌朝、指定された改札を出ると、駅前で手を振る小柄な男が見えた。

初めて降りる駅で緊張していた冬雪は、ホッとして小走りに彼に近づく。

午前中でまだ明るい時間帯だが、通勤時間で混雑する駅のホームの片隅には、必ず大小の黒いもやもやとその場所に憑いた悪霊がいる。おそらくは地縛霊というものだろう。

いつも冬雪にまとわりついてくる手乗りサイズのもやもやとは違う、強烈な負の存在で、近づくことすら怖い。思いを残して亡くなった霊は、見えていることに気づくと寄ってきてしまうので、駅を使うときはいつも緊張が解けない。それらは誰かといると近づいてこないことが多いため、知り合いと合流すると冬雪の表情は緩んだ。

「拓也《たくや》さん、おはようございます」

目の前まで来た冬雪に、広田《ひろた》拓也は「おはよう。三か月ぶりか？」と人好きのする笑みを浮かべて言った。

冬雪も身長は一七〇センチで特に高いほうではないのだが、拓也は更に五センチほど目線が低い。

彼は久し振りに会った弟にするみたいに、ぽんぽんと冬雪の肩を叩く。

「昨日、あのコンビニ閉店するみたいだって他の奴からも連絡もらったよ。せっかく慣れた頃なのに残念だったなあ」

昨日まで働いていたコンビニを紹介し、身元を保証してくれたこの拓也は、児童養護施設出の先輩だ。

冬雪より八歳年上なので、施設で暮らしていたときはあまり交流はなかったのだが、就職したあとも、拓也は金が入ると、子供たちに菓子やプレゼントを持って時折施設を訪れていた。その縁で、なんだかんだと今も冬雪に連絡をくれるのだ。

彼は中古車販売会社の営業マンとして働きつつ、副業として、様々なアルバイトを施設出身の皆に仲介してくれている。競馬やパチンコなどのギャンブルが趣味なので、どうやらその軍資金を稼ぐためらしい。

今の冬雪のように住所がないと、バイトの面接に受かるのは難しい。その点、拓也は職を紹介してくれる上、履歴書には自分のアパートの住所を書いて構わないと言ってくれているので、新しい部屋を借りる金が貯まるまでの間は本当に助かっている。

仲介料として日当の三割ほどを引かれるのは痛いが、家族のいない施設出身の者からすると、いざとなったときに助けを求められる人は貴重だ。もちろん、彼のほうも施設出身の後輩たちを使って小金を稼いでいるということはよくわかっているが、それでも誰にも縋れない者には救いになる。ある意味では、皆の兄貴のような存在だった。

「まあ、またどこか良さそうな求人出てるとこがあったら連絡するからさ」

「ぜひお願いします」

話していると、冬雪の背後の改札口から、どっと人が溢れ出す。次の電車が着いたのだろう。もう一人来る者がいるというので、そのまま雑談をしながら待つ。彼の推しの馬の話を聞いているうちに、何か連絡が来たようで、拓也がスマホを確認する。

「……やべえな、もう一人は来られないんだと」

顔を顰めた彼は舌打ちをしている。

「今からじゃ別の奴に声かけるのも間に合わないじゃねえか。あーもう仕方ねえな、俺たちだけで行くか」

ぼやきながら促されて、冬雪は多くの人が行き交う歩道を拓也のあとをついて歩き始める。

「お前が来てくれて良かったよ。昨日、本当は今日来るはずだった夏樹《なつき》から、他のバイトが休めないっていきなりキャンセルされちまったんだ」

夏樹というのは冬雪たちが出た施設で暮らす仲間で、今は高三のはずだ。下の兄弟が同じ施設にいて、卒園後は一緒に暮らすため、バイトに明け暮れていると聞いた。

「土曜だし、お前もバイトの日かなと思ってたけど、連絡入れてみて正解だったな」

「俺も連絡しようかと思ってたところだったんで、ありがたかったです」

昨日の夕方、定宿にしているネットカフェで目覚めると、冬雪のスマホには拓也からのメールが届いていた。

『明日、エキストラのバイトがあるけど来られないか？』

それを読んで、渡りに船とすぐに返事を送り、ざっくりとした内容をメールで教えてもらった。

顔の広い拓也には、どういう繋がりなのかテレビ局のＡＤにも知り合いがいて、以前にも職を失ったときに、二度ほどエキストラの仕事をもらったことがあった。仕事的には、すべきことが決まっていて終わりの時間もわかるコンビニに比べると長時間拘束されるし、少々面倒な部分はあるものの、その日払いの給料は今の冬雪にはとてつもなく魅力的だ。

手持ちの金と今日の日当を足せば、とりあえず今週いっぱいはネットカフェの利用料と食費の心配をせずに職探しができる。

バイトを紹介してもらえたおかげで、昨日はそのままネットカフェに残り、体を休めることができた。

拓也によると、今日は連続ドラマのスタジオ撮影らしい。真夏や真冬はかなりきついけれど、初夏の今、しかも屋内であれば、気温や天気も響かずに済みそうだとホッとする。

「着替えがあるはずだから、少し余裕みて呼んだんだ。まだちょっと時間あるし、着いたら無料のコーヒーでも飲んでのんびり待とうぜ。運が良ければ一、二時間で終わるし、最悪は夜までかかるかもしんないけどさ、まあちょっとでも早めに終わるといいなあ」

拓也の言葉に冬雪は頷く。エキストラの仕事はタイミングと運で、前回は撮り直しが多く、結構な時間を取られた。

だが今は、日払いの仕事をもらえただけでも幸運だ。何時間かかっても構わない。

今回の仕事が終わったらそのあとにすぐ働けるよう、いくつか日雇いのバイトに登録もしてきた。

（……これでなんとか、今月をしのげれば……）

少しでも早く定職に就いて、安定した暮らしがしたい。

そう願いながら、冬雪は彼のあとについて撮影スタジオの受付に向かった。


時々出入りしているらしく、拓也は通行用のパスを持っていた。冬雪には入館のための手続きが必要で、書類を書いて、臨時パスを受け取る。パスを首から下げて中に入ると、四階建ての広い建物の中ではすでに撮影の準備が進められているようで、搬入された荷物や立て看板などがあちこちに詰まれていた。

拓也に連れられて二階に上がる。案内されたのは、今日撮るシーンのエキストラの集合場所だという控室で、室内には十数人ほどの人々がいた。

壁際に並べられた椅子に腰かけ、それぞれが資料を読んだり軽食をとったりしている中、拓也は部屋の真ん中に集まっているうちの一人に声をかけた。

「――川崎《かわさき》さん、おはようございます」

振り向いたのはラフなTシャツにジーンズ姿で、黒ぶちの特徴的な眼鏡をかけた二十代後半くらいの男だ。

「おー広田くん、おはよう。あれ、今日は連れてきたの一人だけなの？」

川崎と呼ばれた男は、拓也の後ろにいる冬雪をちらりと見て訊ねる。

「すいません、かなり声かけたんですが、ちょっと今日は集められなくて」

そっかー、と言いながら、川崎はなぜか冬雪のほうをまじまじと見る。これまでエキストラをしたときの担当者は違う人だったから、川崎とは初対面だ。慌てて「今日はよろしくお願いします」と挨拶をし、冬雪はぺこりと頭を下げた。

「はーい、よろしく、ＡＤの川崎です。今回の現場は初めてだよね、名前は？」

「六車冬雪です」

清潔感のある服装にしようと、手持ちの中で一番まともな白いカッターシャツにジーンズという格好をしてきた冬雪は、急いで斜めがけにしていたバッグを下ろして名乗った。

「むぐるまくん？　へえ、珍しい名字だ。君、なかなか綺麗な顔してるね。現役高校生？　俳優の卵かな、どこか事務所入ってる？　……ってわけでもなさそうだね」

冬雪の顔を間近で覗き込んだあと、川崎はびくっとした反応に苦笑して身を引く。

俳優を目指すにしてはおどおどしていると思われたのだと気づき、羞恥で頬が熱くなった。

以前もエキストラとして参加した際、タレントの付き添いで来ていた事務所関係者から『芸能界に興味があれば、うちの事務所に入らないか』と名刺をもらったことがあった。だが、単発のエキストラのように困ったときにすぐ日当をもらえる仕事は助かるけれど、冬雪は正直目立ちたいわけではない。性格的にも向いていない上、浮き沈みの激しそうな芸能界の不定期な仕事でその後も食べていけるとは到底思えず、連絡はせずにいたのだ。

「今十九歳で、高校は卒業してます。俳優は目指していません」

ともかく、今日の仕事をさせてもらわねばと、冬雪は必死の思いで背を正し、まっすぐに彼の目を見て言う。

「そっかー、もったいないね」と言って川崎は首を傾げた。

「現役じゃないですけど、こいつならまだじゅうぶん高校生でも通用しますよね」と拓也が言う。

川崎は自らの顎を撫でながら「うん、全然いける。実年齢では一番年上だけど、この子だけ黒髪だし、むしろ他の子たちより現役っぽいんじゃない?」と笑い、彼の前に立つ五人の男子に目をやった。

どうやら、ここにいる六人に割り当てられるのは高校生の役で、他の五人は皆現役高校生ということらしい。しかし、じろりと冬雪を眺める彼らのほうは茶髪で服装もしゃれていて、一見すると冬雪よりかなり年上に見えるほど大人びている。幸か不幸か、これなら自分が高校生の中にまぎれてもまったく問題はなさそうだ。

「本当はもうちょっとぞろぞろたむろってる感が欲しくて、人数増やしたかったんだけど、この子入れて六人いればまあいいか。あー、広田くんが高校生に見えればなあ」

ぼやく川崎に、「すいません、せめて大学生なら」と拓也が笑いながら頭をかいている。さすがに今二十七歳の拓也は、どこから見ても高校生には見えない。

「ま、いいよ、広田くんはまた馬のほうで助けてくれればさ」と川崎は笑っている。どうやら川崎は競馬好きらしく、拓也とはギャンブル仲間のようだ。

もちろんです、と頷くと、「じゃ、撮影終わったらまた来るから、しっかりな」と冬雪に声をかけ、川崎に頭を下げて拓也は部屋を出ていった。冬雪一人の仲介料では拓也的にはまったく儲けにならないはずだと考えると、頭が下がる思いがした。

拓也が去ると、冬雪は気づかれないよう小さく手を握り締めた。

（まだ大丈夫……ここにはたくさん人もいるし……）

撮影所の建物はものが山積みにされていて、陰が多い。そこここに黒く小さなもやもやが蠢いていて、通路の隅や階段の脇には、黒くてぼんやりとした大きな影も見えた。

だが、煌々と明かりがついていて、幸い一人にされることはなさそうだし、命の危険はないだろう。ともかく頑張らなければと、冬雪は腹を括った。

「君、ちょっといいかな」と川崎に手招きされ、慌てて「はい！」と返事をしてそばに寄る。

「じゃあ、えっと六車くんだっけ？　こっち来て、皆と一緒に誓約書にサインして。それから、衣装さんが準備してくれてるから着替えてね」

まず一人一人にボードに挟んだ秘密保持誓約書が渡され、読む暇もなくサインを急かされる。それを持って川崎がいったん部屋を出ていくと、入れ替わりで「こちらが衣装です、着替えお願いしまーす」と言いながらスタッフの女性が入ってくる。彼女が引っ張ってきたハンガーラックには揃いの衣装が人数分より多く用意されている。それぞれに一番近いサイズのものを一式まとめて渡され、冬雪たちは着替えることになった。


「おっ、いい感じじゃない！　似合う似合う」

ちょうど全員が着替えを終えたところに川崎が戻ってきた。

彼はまっさきに冬雪に目を留めると、満面に笑みを浮かべてぱちぱちと手を叩く。

「あ、ありがとうございます」とぎこちなく礼を言う冬雪は、他の皆と同じようにワイシャツにブレザーの制服を着て緩めにネクタイを締め、衣装係の女性の手で髪を軽く今風に整えられている。

壁一面の鏡を見ると、通学用風のリュックを背負い、少し困り顔をした黒髪の青年が所在なげに立っているのが映っている。衣装を着せられて少し髪形を変えただけなのに、どこにでもよくいる、ちょっと無気力な感じの高校生といった雰囲気になっている。

「今下校してきたとこって感じですよねー」

残った衣装をまとめながら衣装係の女性が調子を合わせると、川崎はうんうんと頷いている。

「ほんと君、芸能界目指さないなんてもったいないなあ。あとで気が変わったら事務所の人紹介するよ？」と小声で言われ、「い、いえ、結構です、すみません」と冬雪は慌てて首を横に振る。

そっかー、と川崎は残念そうだが、同じ衣装を着たエキストラたちが冬雪を見る目が厳しくなったのには気づいていないようだ。

彼らの目は『芸能界の仕事に興味がないならなぜこんなところに来たんだ』と言わんばかりで、居た堪れない気持ちになる。だが、仕事には真面目に向き合うつもりだし、芸能界に入る気がなければエキストラをしてはならないという決まりもない。

（ともかくちゃんとやるべきことをこなして、日当をもらわなきゃ……）

今の自分は、生きるために働かねばならないのだからと、冬雪は気持ちを奮い立たせた。

セリフもないエキストラのためか、正式な台本は渡されず、ドラマの内容の概略と参加するシーンの流れをコピーしてホチキスで留めただけの数枚の紙が配られる。

全員に配り終えると、川崎がその場でざっくりとした説明を始めた。

「このドラマは次クールの月九で、まだ情報が解禁されてません。なので、出演者やタイトル、内容についてはいっさい他言無用でお願いしますね」

脚本家は、鬼才と呼ばれるベテランの有名どころだという。出演者にも豪華キャストを揃えているそうだ。

「今回はダブル主役で、一人は近衛政真《このえまさちか》さん、それからもう一人は雨宮耀《あまみやよう》さんです」

川崎が告げると、制服の男子たちが驚いたように「すげー」「どっちも主役級じゃん」とぼそぼそと漏らす声が聞こえた。

雨宮の名を聞いて、冬雪は一瞬どきっとした。

SNSはいっさいやらず、連続ドラマを見る習慣はない冬雪ですら、その二人の名前は知っている。なぜなら、二人はどちらも、街を歩けば広告などで目にしない日はないほどの人気俳優だからだ。

働いていたコンビニのバイト仲間にも、それぞれの大ファンだという高校生のバイトやパートの女性がいた。時折、観覧イベントやプレゼントなどに応募できるキャンペーンがあると、そのたびに彼女たちは彼らがＣＭに出た菓子や飲み物などを必死で買い集めていた。

ともに二十代半ばくらいで、近衛政真のほうは缶コーヒーやドリンク剤の広告などでよく見かける、スーツ姿がよく似合う正統派のイケメン俳優だ。

そして、雨宮燿といえば、日本人離れした容姿と高身長で、国内外の有名ブランドのイメージキャラクターとして引っ張りだこの存在だ。

少し気難しいという噂があり、詳しいプロフィールは誕生日程度しか明かされていないのが余計に謎めいた雰囲気を醸し出していると、興奮気味にバイト仲間の女の子が話していたのを覚えている。

最近主演した恋愛物の映画では、初めて彼自身が主題歌を歌い、映画の興行成績も歌のダウンロード数も爆発的なヒットとなっているというニュースを、つい先日も電車の中を流れる動画で見かけたばかりだった。

そういえば、前回冬雪がエキストラの仕事をもらったドラマの一つも、準主役は雨宮燿だった。とはいえ、そのときは同じロケ現場ながら、多くの通行人役のうちの一人だった冬雪が出るのは彼とはまったく関わりのないシーンで、彼の姿を見る機会はなく、内心で少し残念に思ったものだ。

アイドルや俳優に興味を抱き、ファンになってグッズを集めたりするような余裕のない冬雪でさえ、街中のポスターやデジタル広告で雨宮耀が映ると、自然と彼に視線が留まってしまう。整った顔立ちとどこか愁いを感じさせる表情には不思議な華があり、純粋に格好いいと思う。演技力にも定評があって、同性ながら人気がある理由も納得だった。

タイプの違う二人は、おそらく今の芸能界で人気ナンバーワンを競うような存在のはずだ。

(このドラマ……すごく人気が出そう…)

「妹に自慢したら泣くかも」「解禁まで言えないんだぞ」と言い合いながら、高校生たちは密かに興奮している。芸能界にはさっぱり詳しくはない冬雪にもわかる。飛ぶ鳥を落とす勢いの二人の俳優が顔を揃えれば、情報が解禁されるなり世間の話題を攫い、大ヒット確実だろう。

冬雪たち高校生役以外のエキストラたちがスタッフに呼ばれ、ぱらぱらと控室を出ていく。いったん部屋を出ていた衣装係の女性が戻ってきて、「入りが少し遅れてて開始もずれるみたいです」と川崎に伝える。

「ざっと資料を読んでおいてね」と皆に言い置き、川崎は部屋の隅で衣装係の女性と何かを話し始めた。

言われた通り、冬雪が配られたコピーに目を通すと、一枚目にあらすじがあった。

このドラマは『不死蝶の唄』というサスペンス仕立てのミステリーらしい。捜査一課の刑事が、とある事件がもとで退職した元相棒の同僚と偶然再会し、彼が詐欺師として裏社会で暗躍している場面に遭遇するところから話は始まる。

元相棒が退職したのは、麻薬取引の捜査中に亡くなった同僚刑事の死に不審な点が見つかったからだ。

刑事は元相棒だった詐欺師の犯罪を阻止し、どうにかして足を洗わせようとするが、彼にはどうも金を得る以外の重要な目的があるらしく……という、シリアスなストーリーらしい。

刑事の『四条尚弥《しじょうなおや》』役が近衛で、詐欺師の『藤村《ふじむら》楓《かえで》』役が雨宮。配役とあらすじを読んだだけでわくわくしたが、原作のないオリジナル脚本では、放送を見ないことにはこの先の流れがわからない。

放送時間にネットカフェにいられれば、ブースに備え付けられたパソコンで見られるかもしれないけれど、次の仕事の時間によっては難しいだろう。録画できる環境にない冬雪は、いつかこのドラマを見られる機会があることを願いつつ、タイトルを心に留めておくことにした。

更にコピーを捲ると、冬雪たちは詐欺師のテリトリーに程近い場所にある高校に通う生徒という設定だった。

参加するのは、『チェーン店のカフェでばったり遭遇した刑事（近衛）と詐欺師（雨宮）が言い争う。次第に大声になり、店内にいた客たちがじろじろと彼らを見る』というシーンだ。

主演二人の背後に写り込む予定なので、それなりに距離は近いかもしれない。

（もしかしたら、雨宮耀をそばで見られるかも……？）

まったく期待はしていなかったが、意外な驚きでにわかに胸が躍る。遠目からちらりと見られるだけでも役得だ。冬雪は今日の仕事を紹介してくれた拓也に、密かに感謝した。

今回の詐欺事件の関係者は、冬雪たちと同じ高校の生徒という設定なので、同じ制服を着た生徒たちを画面に入れたいのだろう。その役にはゲスト出演として若手の男性タレントが出演するらしい。「テルかー」「最近よく出るよな」という高校生たちの会話を聞いた限りでは、今人気の俳優らしいが、冬雪は耳にしたことのない名前だった。

「じゃあこれからスタジオに入ります。決して勝手な行動をしないこと、監督かディレクターから指示があったら必ず従って。ああ、それとエキストラさんはスタジオにスマホは持ち込み禁止なので、はい、それもしまってここに置いてってね」

戻ってきた川崎の言葉に、他のエキストラ男子たちがえぇー、と言いながら手に持っていたスマホを渋々バッグにしまっている。

冬雪にはそもそもスタジオにスマホを持っていこうという考えがなく、バッグの中にしまったままだ。

「それからわかってると思うけど、主役はどちらも大変忙しい中で予定を組んでるので、二人が揃う撮影スケジュールはかなりタイトです。さっきの契約書にも書いてあったように、サインをもらおうとしたり、写真を撮ってもらおうとかいうのはいっさい禁止なんで」

ふいに川崎が真面目な顔になって釘を刺す。

更に、もしも進行に支障をきたすような行為を意図的に行った場合は、賠償問題となるとまで言われて、高校生たちがぎょっとするのがわかる。黙ったままおとなしく話を聞いていた冬雪まで背筋が冷たくなった。

生活費を稼ぐために来たのに、損害賠償を請求されたりしたら本末転倒だ。

主演の二人の名を聞いただけでも制作側の力の入れようがわかる。スタジオで何かやらかせば、厳しい処罰の対象になるのもやむを得ないのだろう。

(ぜったいに失敗しないように気をつけなきゃ……)

撮影の邪魔になるつもりは毛頭ないけれど、転んだり、咳をしたりしないように注意しなくては……と、改めて気を引き締める。冬雪は同じ制服を着た男子たちとともに、川崎のあとについてぞろぞろと控室を出た。


撮影スタジオBに入ると、すでに本物同然のカフェのセットが組まれていた。

他の男子たちは慣れているのか珍しさもないようだが、冬雪はスタジオ撮影に参加するのは初めてなので、ライトがずらりと照らす高い天井をぽかんとして見上げてしまう。

「おい、あそこ、近衛さんじゃね？」

男子の一人が上ずった声で囁き、皆がそちらに目を向ける。ホントだ、と誰かが言う。

冬雪も皆と同じほうを見ると、そこではセットの脇にスタッフチェアが置かれ、撮影用のカメラが何台かセットされている。

関係者が忙しく立ち働く中、そのそばで、スタッフの男性と話し込んでいるのは、広告でよく見かける顔――確かに俳優の近衛政真だった。

黒髪を軽く撫でつけた彼はやや着崩したスーツ姿で、刑事の役柄に合った雰囲気を醸し出している。とはいえ、太い眉に目鼻立ちのはっきりした彫りの深い容貌は、公務員にしては少々目立ちすぎるものだ。

さすが主演俳優の一人とでも言うべきか、広く雑然とした人の多いスタジオの中にいても、彼のところで自然と視線が留まった。

台本を見ながらスタッフと打ち合わせをしていた近衛は、制服姿のエキストラ集団が遠目に自分を見ていることに気づくと、にこっと笑ってこちらにひらひらと手を振ってくれる。

男子たちは一瞬わっと声を上げてしまい、川崎にじろりと睨まれて慌てて口を閉じる。

声こそ上げなかったけれど、彼が醸し出す芸能人オーラには、冬雪も圧倒された。

(俳優ってすごいな……)

皆とともに冬雪が目を奪われていると、優しそうな雰囲気をした小柄な女性がやってきた。

彼女が「おはようございます、ディレクターの山中《やまなか》です」と名乗って周囲に手招きをすると、あちこちに立っていたサラリーマン風の男や主婦グループ役のエキストラたちが集まってくる。

カフェの客役のエキストラたちが全員集合したのを確認すると、山中が皆に撮影の流れを説明し始めた。

「一度、ざっと全員の立ち位置と流れを確認してから、まずカメラテストをして、それからリハーサル、最後が本番になります」

本番の撮影は数回撮り直すことが多いため、最低でも三回以上は同じシーンを演る必要があるという。

「雨宮さんはまだ移動中なので、テストにはスタッフが入ります」

雨宮耀のほうはまだスタジオ入りしていないらしい。きっと忙しいんだろうなあと思いながら、冬雪たちは指示されるがままカフェのセットに入り、シーンの流れを頭に入れる。

冬雪たちは主演の二人がやりとりをしている間、近くの席でだるそうにしゃべっている高校生グループという設定なので、それほど難しいことはない。刑事が声を荒らげたとき、驚いたようにそちらに目を向け、また何事もなかったかのように会話に戻るというのが、唯一演技と言えるかもしれないところだ。

「高校生たち、こっち来て！」

スタッフの男性に声をかけられ、皆で彼のほうに移動して指示を受ける。先ほど主演の近衛と話していたのは監督だったらしく、インカム越しにマイクで指示出しをされた。

『黒髪の君はそこで』と、冬雪は高校生役の中でも一番主演たちの席に近いところに座るよう指示される。ぜったいに失敗してはならないと思うと、逆に緊張して落ち着かない気持ちになった。

今日は天気もよく、外は程よい気候だったけれど、スタジオ内は人が多いせいなのか、少し蒸し暑く感じる。

空調は動いているのに、どこか空気が淀んでいる。

(なんだか、息苦しいな……)

払ってもまとわりついてくる黒い小さなもやもやがあちこちにいるのはいつものことだし、その不快感のせいで呼吸に苦しさを覚えるのも慣れっこだ。しかし、このスタジオに入ってからというもの、なぜか全身がやけにずっしりとして手足の端々まで重く感じることに気付く。

明るすぎるライトのせいで、そこここに濃い影が落ちている。その中で大きなもやもやが蠢いているのが見える。

そして、ここで働く人々も、数の差はあれど、冬雪と同じような黒いもやもやにまとわりつかれている者がやたらと多い。

――このスタジオは、空気が悪い。

緊張しているからではない。必死で平静を装おうとするが、ここにいるだけで次第に呼吸が苦しくなってくる。

カメラテストが終わったところで、もう今後はどんなに条件が良くともスタジオ撮影のエキストラは断ろう、と冬雪が思い始めたときだった。

スタジオの入り口の辺りがざわめく。どこかで新たな照明が点いたのか、目の端に強い明るさを感じた。

「藤村楓役、雨宮耀さん入りまーす！」

スタッフの声で、中にいた者たちの目が入り口に集まる。

同じようにそちらに顔を向けようとした冬雪は、あまりのまばゆさに反射的に目を閉じた。

（な、なに……？）

何度も瞬きをするが、入り口のほうが眩しすぎてよく見えない。

何が起きたのかわからないまま、唐突にすうっと呼吸が楽になり、まとわりついていた小さな黒いもやもやが、慌てたように離れていくのがわかる。陰に潜んでいた大きな悪霊たちも、怯えたように縮んでスッとどこかへ消えた。

自然と体が引き寄せられるようにして、冬雪は無意識に歩き出す。

「あれ……どこ行くんだ？」

誰かが声をかけてきたような気がしたが、足は止められなかった。

光の方向に近づくたびに、どんどん体が軽くなっていく。

重力から解き放たれたように、体が軽い。羽の生えたような足で、雲を踏むようによろめきながら進む。

すぐそばにある、輝きを放つ大きな光の玉に吸い込まれるようにして、冬雪は震える手を伸ばす。

光に触れた瞬間、びりっと体に電流のような痺れが走る。

生まれて初めての感覚に、ふわっと体が浮いたのかと思うほど体が楽になる。

衝撃的な感覚に半ば恍惚として、光に抱きついたまま、冬雪は意識を失った。

*

――六時間後。

冬雪は衣装の制服姿のまま、硬い表情で撮影スタジオにある楽屋の前に立っていた。

隣には怖い顔をした拓也がいて、冬雪が逃げ出したりしないように見張っている。

自分がしでかしたことへの自己嫌悪と、許してもらえるのだろうかという不安で体が勝手に震え出す。連れてきてくれた山中が先に立ち、『雨宮耀様』と書かれたパネルがはめられた楽屋の扉をコンコンとノックする。

「はい」と室内から返事が聞こえて、冬雪は身を強張らせた。


先ほど冬雪が目覚めたとき、視界に入ったのは真っ白な天井だった。

照明がずらりと吊るされたスタジオとは違う場所にいるようだとわかる。しばらくすると、冬雪が目を開けたことに気づいたらしく、話しかけてきたのは白衣を着た看護師だった。

「六車さん？　吐き気や、どこか痛むところはありませんか？」

頭がぼんやりしているだけで、特に体に痛みはない。たどたどしくそう答えると、看護師がそばから離れていく。明るく清潔な空間だからか、黒いもやもやは体の上や足元に数匹しか見当たらない。

それらを手でそっと払ってみて、冬雪は自分の状況に気づく。制服の衣装のジャケットは脱がされ、襟元が開けられたシャツ姿で簡易ベッドの上に寝かされている。病院の処置室らしき場所にいるようだが、カーテンで仕切られた外側がどうなっているのかわからない。

なぜ自分は病院にいるんだろうと、靄がかかったような頭のまま考える。

すると、唐突にカーテンが荒っぽく開き、青褪めた顔の拓也が中に入ってきた。

「お前……なんてことしてくれたんだよ!?」

目が合うなり大声を出されて肩を掴まれる。

「な、何……？」

されるがままに揺らされながら冬雪が呆然としていると、慌てて看護師が戻ってくる。

「病院で怒鳴らないでください！　警備員を呼びますよ！」と言いながら、看護師が冬雪から拓也を引き離し、外へと連れ出す。

拓也が切れることはめったになく、不快なことがあっても話し合いで済ませるような性格だ。

その彼がこんなにも激昂したところを見たのは、これが初めてだった。

怒鳴り声が聞こえたのか、「大丈夫？」と恐々とした様子で誰かが入ってくる。顔を見ると、スタジオで説明をしてくれたディレクターの山中という女性だった。彼女は冬雪の顔を見てホッとした表情になった。

「ああ、起きてくれて良かったー！　一通り精密検査してもらって、どこにも問題はなさそうだって聞いてからも、なかなか目が覚めないから心配してたのよ」

安堵の息を吐きながら、山中がここはスタジオから最寄りにある救急病院の処置室だと教えてくれる。冬雪が状況をまったく把握していないことを知ると、「全然覚えていないの？」と彼女は驚き、そばにあった椅子に座って事の次第を説明してくれた。

「遅れていたダブル主演の雨宮さんがスタジオに入ってきたときのことは覚えてる？」

記憶はおぼろげだが、なんとなく、と冬雪が答えると、山中は驚くべきことを言った。

その後――あろうことか冬雪は、ふらふらと彼のほうに近づいていき、初対面の雨宮に抱きついて意識を失ったというのだ。

（……な、なんで俺、そんなことしちゃったんだろう……）

信じ難い状況に、目の前が真っ暗になるのを感じた。

壁かけ時計を見ると、針は午後四時頃を指している。曇りガラスの窓越しの外はまだ明るいようだが、着替えを済ませて撮影スタジオに入ったのが午前十時くらいだったことを考えると、冬雪がスタジオで気を失ってから六時間近くも経ったようだ。

——冬雪にはあのとき、スタジオに入ってきた雨宮が、輝く光のかたまりのように見えていた。抱きついたと言われても、目の前にいたはずの彼の顔すら見た覚えがない。

ただ、不思議な力に引き寄せられるかのように、勝手に体が動いたことだけは覚えている。だが、そんな説明をしたところで信じてもらえるわけはない。黙ったまま話を聞きながら、冬雪は額に冷たい汗が滲むのを感じた。

「大変だったのよ、皆びっくりして、大騒ぎになって」と言う山中によると、突然エキストラが倒れたことにスタジオは騒然となった。看護師資格を持つスタッフが脈や呼吸を確認したが、冬雪の意識は戻らないままで、すぐ救急車が呼ばれてこの病院に運ばれたという。

診察の結果、大きな問題は見当たらず、おそらく一過性の虚血性失神ではないかという診断が下されたらしい。長時間目覚めなかったのは、睡眠不足のせいもあるかもしれないということで、思い当たる節があるかどうか訊かれて頷いた。確かに、ネットカフェ暮らしの上に黒いもやもやたちを恐れているため、毎日四、五時間眠れればいいほうだ。貧血気味だったので点滴をしてくれたそうで、腕には止血用の小さなテープが貼られている。山中は現場責任者なので、念のため今まで病院に付き添っていてくれたと聞いて、冬雪は青くなった。

「た、大変なご迷惑をおかけして、本当に申し訳ないです」

深く頭を下げると、やめてよーと慌てて顔を上げるよう言われる。

「何はともあれ、本当に大事じゃなくて良かった。とりあえず、現場に目が覚めたことと、大丈夫そうだってことを連絡してきますね。あ、それと雨宮さんのマネージャーさんにも！」

笑みを浮かべた山中の言葉に冬雪がぎょっとすると、「雨宮さん、いきなり倒れたあなたのことすごく心配して、救急車が来るまでずっとそばについててくれたんですよー」と説明されて、更に驚く。

電話をかけるために彼女が外に出ると、入れ替わりで再び拓也が入ってきた。

もう暴れないでくださいね、と看護師に厳命されて頷いてはいるが、顔は強張ったままだ。

さっきまで山中が座っていた椅子に腰を下ろすと、彼は小声で口を開いた。

「……お前のとんでもない行動のおかげで、撮影の進行はしばらく止まった。今は再開されてるみたいだが、結局ごたごたして一時間近くも遅れが出たそうだ」

自分のせいで撮影が大幅に遅れたことを知り、冬雪の心臓は竦み上がる。

「川崎さんからは『もう二度と広田くんに人材の手配は頼まない』って言われたし、賭博のグループにも顔出すのはやめるってさ。あの人はな、グループに毎回大金落として、何人も大口の客を紹介してくれてた上得意なんだぞ？　このままだと俺は責任取らされて胴元に追い出されちまう。まだ借金が大分残ってるのに」

彼に借金があったなんて知らなかった。深い憤りを滲ませる拓也に、冬雪は「ごめん、本当に……」と、身を縮めて必死に謝る。だが、謝った程度で許してもらえるわけはない。

川崎からは、また何かあっては困るので、病院に荷物を運ばせるから、スタジオには戻らずそのまま帰っていいと言われたようだ。

もちろん、拓也にはこのまま冬雪を解放するつもりはなかった。

「ともかくスタジオに戻ろう。まだ荷物は届いてないし、それを取りに来ただけだって言えば追い出されることはないはずだ。まずは、お前が一番迷惑をかけた雨宮さんのところに詫びに行くぞ」

彼が許してくれさえすれば、きっと川崎も態度を変えるはずだ、と拓也は言う。

戻ってきた山中から、診察代はスタジオがかけている保険で賄えることを伝えられた。高額な精密検査代を不安に思っていた冬雪は、天の助けだとホッとして、改めて山中に深く頭を下げた。

「六車くんの荷物まだ来てないみたい。届けてくれるって言ったのに、遅いわねー」

会計手続きを済ませてきた山中と一階の受付前で合流すると、彼女は困り顔で入り口に目をやる。

「山中さん、すいません、こいつがどうしても雨宮さんに謝りたいと言うんで、ちょっとだけスタジオに戻りたいんですが」

拓也に指示され、冬雪が「謝りたいです」と慌てて付け加えるのを見て、彼女は頷いた。

「じゃあ、荷物を取りに戻りがてら、スタジオにちょっと顔を出していきましょうか」

取りに行きますって連絡入れておかなきゃ、と言って、山中はスマホを取り出す。

「あの、川崎さんからはスタジオに戻るなって言われてるんですけど」

拓也が念のためそう伝えると、「あら、そう言われてたってしょうがないじゃない、荷物が届かないのは川崎くんのせいだもの。それに、何を言われても私が一緒だから大丈夫よ」と山中は平然とした様子で肩を竦める。

「それに、六車くんが大丈夫なところ見たら、皆安心すると思うし」と笑顔で言い、病院前からタクシーに乗るよう促す。

助手席に山中が乗り、冬雪は後部座席に拓也と並んで乗る。

「……いいな、許してもらえるまで土下座するんだぞ？」と声を潜めて命じてくる拓也に、冬雪は血の気が引くのを感じながらこくこくと頷く。

雨宮に許してもらえるかはわからないけれど、自分が彼に多大なる迷惑をかけてしまったことは確かだ。

できる詫びといえば、誠心誠意謝ることしかない。

膝の上で手を握り締め、冬雪は悲壮な覚悟を固めた。

——そうして、山中に案内してもらい、冬雪は雨宮のところに謝罪に向かった。

山中がスタッフに確認したところ、ちょうど撮影シーンが一区切りして休憩に入り、今彼は楽屋にいるはずだという。

「――おっ、君、さっき倒れた子じゃない？」

緊張して楽屋に向かう途中、背後から声をかけられて冬雪はぎくりとした。おそるおそる振り返ると、そこには移動中らしく、スタッフとともに主演の近衛が立っていた。

近づいてきた彼は、そばで見るとかなり背が高い。きりりと整った顔立ちは広告などで目にするよりもいっそう迫力があった。

「もう大丈夫なの？」と訊かれて「は、はい、すみません、ご迷惑をおかけして……」と冬雪は狼狽えながら頭を下げる。

先を歩いていた山中が戻ってきて、病院で診察を受けて大きな問題はなかったこと、点滴をしてもらったことを伝えてくれる。にっこりした近衛は「それなら良かった、体は大切だからね。何はともあれお大事にね！」と言って冬雪の肩に触れ、皆もお疲れ！と山中と拓也にも労りの声をかけて去っていく。

呆然と見送る冬雪に、山中が優しく言った。

「近衛さんもいい人でしょう？　倒れたのは不可抗力なんだし、心配しこそすれ誰も怒ってなんかないから、そんなに怯えなくて大丈夫よ」

気遣うように言われて、冬雪ははい、とぎこちなく頷く。

山中も近衛も自分を怒らずにいてくれて本当にありがたいけれど、川崎が許してくれない限り、拓也の怒りは消えそうもない。どうか、肝心の雨宮が詫びを受け入れてくれますようにと願いながら、冬雪は再び山中のあとをついていく。

雨宮の楽屋に着くと、彼女は扉をノックした。はい、と中から返事が聞こえて緊張が走る。

「雨宮さん、お疲れさまです、ディレクターの山中です。すみません、さっき倒れたエキストラの子がお詫びをしたいそうなので連れてきたんですが、ちょっとだけお時間いただいてもよろしいでしょうか？」

山中の声に、部屋の中から物音がして、待つほどもなく扉が開く。

中から顔を見せたのは、黒っぽいスーツを着た長身の男性だった。

黒髪に眼鏡で、広告でよく見る雨宮耀とは明らかに別人だ。おそらくこの人が彼のマネージャーだろう。

「お疲れさまです。山中さんも大変でしたね。では、そちらの方だけ中にどうぞ」

スーツの男に視線を向けられて促され、冬雪はハッとする。

おたおたしながら「はっ、はい」と頷いて足を進めようとすると、唐突に後ろから強い力で肩を掴まれた。

「何やってんだ、土下座しろ。ほら、早く！」

憤怒の表情を浮かべた拓也に命じられて、肩をぐいと押さえつけられる。部屋に入って謝罪するつもりでいたが、冬雪は通路で膝を突くしかなくなる。

「ちょ、ちょっと広田さん、そんなこと……っ」

更に冬雪の頭を押さえつけようとする拓也を、山中が慌てて止めようとしたときだ。

「――何をさせようとしてる?」

スーツの男をよけて、楽屋から出てきた人影が、鋭く問い質す。

顔を上げると、艶やかなブラウンの髪が片方の目元にかかった視線と目が合った。

整いすぎているほど綺麗な顔立ちに、近衛と同じか、少し高いくらいの長身。

詐欺師の衣装なのか、グレーのカラーシャツに高級そうな臙脂のネクタイを締め、仕立ての良さを感じさせるダークグレーのスラックスを身に着けている。服の上からでも、すらりと引き締まった体躯と、モデルのようなスタイルの良さがわかる。

まばゆいほどの美貌だが、かすかに輝いて見えるのは照明のせいだろう。

(良かった、普通に見える……)

彼が先ほどスタジオに入ってきたときのような光のかたまりではなく、ちゃんと人間の姿に見えていることに、こんなときながら、冬雪は内心で胸を撫で下ろしていた。

やや薄い飴色の目がまっすぐにこちらを射貫いている。冬雪に視線を留めると、その目はかすかにハッと瞬いたように見えた。

だが、彼はすぐに視線をそらす。どうやら拓也を厳しい目で睨んでいるようだ。

「やめろ。誰が土下座させろなんて言ったんだ」

怒鳴るでもなく、低い声で静かに命じる声には、不思議な威厳があった。

雨宮の言葉に怯み、拓也が冬雪の肩から急いで手を離す。

「で、ですが、こいつが、雨宮さんにとんでもないご迷惑をおかけしたので、詫びを……」

「あれはわざとじゃない。具合が悪かったんだからしょうがないだろう。誰も彼を責めてないし、僕にもそんなつもりはいっさいないよ。君、誰？　彼のマネージャー？」

雨宮が怪訝そうに訊ねると、「いえ、広田さんはいつもエキストラさんを集めてきてくれている方なんです」と山中が慌てて口を挟む。

そう、と言ってから、雨宮がまだ膝を突いたままの冬雪に近づいて手を差し出す。

驚いたが、冬雪は躊躇いながらもその手を取る。

温かく大きな手だった。そっと手を引かれ、冬雪はゆっくりと立ち上がる。

目の前で向かい合うと、雨宮は冬雪よりも頭一つ分近く背が高かった。冬雪の手を握ったまま、彼は拓也を見て言った。

「彼は何も悪いことなんてしていない。むしろ、土下座させようとする君のほうがずっと不愉快だ」

静かな憤りを込めた声に、拓也が黙り込む。

どうしていいのかわからずに冬雪がおろおろしていると、雨宮がちらりと山中を見た。

「少しこの子と話があるから借りていい？　あとは任せてもらって大丈夫だから」

山中はなぜかホッとしたように「わかりました、じゃあよろしくお願いします」と答えている。

（この子って、おれのこと……？　『借りる』っていったい……）

山中は混乱でいっぱいの冬雪に『大丈夫だから』というように頷いてみせる。

「おい、冬雪……」

何か言おうとした拓也に気づくと、雨宮は握ったままの冬雪の手を引き寄せ、自分のほうに近づけてから言った。

「用が済んだんなら、君はもう帰って構わないよ。ちょっと彼に話があるだけだから。——三善《みよし》、この人をスタジオの外まで送っていってくれ」

冷ややかに言ってから、雨宮は三善と呼ばれたマネージャーらしき男に命じる。要は拓也をこのスタジオから追い出せ、と言っているようだ。

すぐにスーツの男が前に出てきて「行きましょう」と拓也を促す。

「それと君、少し生き方を変えたほうがいいよ。恨みを買いすぎだ」

「なっ……っ！」

ふと投げかけられた雨宮の言葉に、拓也が息を呑み、場の空気が凍った。

どうしていいのかわからないまま、冬雪は雨宮に手を引かれて楽屋に入る。

「あの……、拓也さん……山中さんも、本当にすみませんでした」

扉が閉まる前に慌てて二人に声をかけたが、聞こえたかはわからなかった。


十畳ほどの楽屋の室内には煌々とした明かりが点いている。

奥の壁際には鏡張りのメイクスペースらしき棚があり、入り口の脇には給茶機と洗面台が備え付けられているのが見える。

壁際にはハンガーラックが置かれていて、ずらりと服がかけられている。おそらくあれが今回の役の衣装なのだろう。

「どうぞ、好きなところに座って」と雨宮に促され、冬雪は中央に置かれたゆったりとした応接用の革張りのソファの一つに、躊躇いつつも腰を下ろす。

「お茶飲む？」と訊かれて驚き、「い、いえ、ありがとうございます、結構です」と断った。

そう、と答えた彼が、テーブルを挟んで向かい合わせの位置に腰を下ろす。

「雨宮さん」と冬雪は上ずった声で呼びかけた。

何を置いてもこれだけは言わなくてはならない。

目を向けてくれた彼に向かい、冬雪は揃えた膝に触れるほど深く頭を下げた。

「さ、先ほどは、大変なご迷惑をおかけしてしまい、本当に申し訳ありませんでした……！」

すると、間髪を入れずに「謝らなくていいよ」と言われる。

「さっきも言ったけど、本当になんとも思っていないから。ほら、顔を上げて」

そう言われて、ぎこちない動きで顔を上げる。視線を向けると、彼は自らの膝の上に片方の肘を突き、どこか不思議そうな目でじっと冬雪を見つめている。

「あ、あの……？」

何かゴミでもついているのだろうかと不安になると、ぼそりと雨宮が言った。

「……そうに」

「え？」

聞き間違いかと、思わず聞き返す。

無意識の言葉だったのか、冬雪の声に、彼はハッとしたように我に返ると頭を軽く振った。

「いや……ごめん、なんでもない」とやや気まずそうに言ってから、雨宮は立ち上がる。

（なんだろう……）

冬雪の勘違いでなければ、彼は〝可哀想に〟と言ったような気がしたのだ。

雨宮は、室内にある給茶機から二人分の緑茶を紙カップに淹れて戻ってくる。「ついでだから、良かったらどうぞ」と言われて、恐縮しながら冬雪も受け取る。彼がカップに口をつけるのを見て、一口飲むと、温かい茶が腹に落ち、少し緊張が解けるのを感じた。

「山中さんから大丈夫だったって連絡はもらってたんだけど、詳しく検査してもらったんだよね？　本当にどこも問題はなかったの？」

「はい、もう大丈夫です」

救急病院で精密検査をしてもらって、一過性の虚血性失神だろうと診断されたことを伝える。

「そうか。大病じゃないなら良かった。ああそうだ、さっきの仲介の人には言いそびれたけど、君は僕に抱きついて気を失ったっていうわけじゃないんだよ。周りにはそう見えてたかもしれないけど、そばに来て倒れそうになったから、僕が勝手に手を伸ばして支えたっていうだけだから」

だから、本当に気にしなくていいんだ、と言われるが、自分が彼にかけた迷惑が帳消しになるわけではないと思う。

「それと、余計なお世話だけど、さっきの彼とはもうあまり関わらないほうがいいと思う」

意外なことを言われて、冬雪は戸惑った。

「ど、どうしてですか……？」

「いくら仕事を紹介したからって、人に対してあんな謝罪の仕方を強要するなんて、根本的に思考回路が違う。今後関わってもいいことはないよ」

しかし、拓也の怒りの原因は冬雪自身が招いたことなのだ。

これまで拓也は、ずっと冬雪には優しかった。それは、自分が彼の言うことに従い、大人しく仲介料を渡して、利用できる存在だったからだということはよくわかっている。それでも、困っているときに率先して声をかけてくれたことには感謝しかない。その行動は、思いやりの気持ちがないとできないことだと思う。

そんな気持ちをうまく言葉にできずうつむいていると、「――それで、今は体の具合はどう？」と雨宮が訊ねてくる。話題が変わり、冬雪はホッとして顔を上げた。

「大丈夫です。少し休んだからか……」

訊かれたことで改めて気づく。大失態を演じた自己嫌悪と、謝罪しなくてはという焦りから、自分の状態にまで気が回らなかったけれど、なぜか今は体が軽い。

気を失う前までいた撮影スタジオのセットは空気が淀んでいて、大小の黒いもやもやが数え切れないほどいたけれど、同じ建物にある部屋なのに、この楽屋にはどうしてなのか、小さなもやもやすら一匹も見当たらない。

そのせいか、倒れる前よりもずっと体が楽だ。

（いったい、何が違うんだろう……？）

だが、黒いもやもやの話を他人にしても、おかしい奴だと思われるだけだ。

そもそも、自分は今謝罪のためにこの部屋を訪れているのだから、そんな無駄話をすべきではない。

じっと冬雪を見ている雨宮に、言葉を選びながら口を開く。

「もう何も問題ありません。本当に申し訳ありませんでした」

「だったら良かった」

どこかホッとしたように言ってから、彼は少しぼそぼそとした口調で続ける。

「目の前で失神したから、気になってたんだ。ただ、それだけなんだけど」

山中が言っていいた通り、雨宮が本当に気にしてくれていたと知り、冬雪は初対面の彼の優しさに驚く。

拓也のように、失態を犯した冬雪に激昂するほうが普通だ。

イケメンの人気俳優ということしか知らなかったけれど、雨宮は見た目が際立っているだけではなく、人柄まで優れているらしい。

世の中にはこんな人もいるのかと冬雪は感動する。倒れたのが彼のような人の前だった今日の自分は、珍しくツイていたようだ。

「……山中さんから、雨宮さんが心配して、救急車で運ばれるまでついていてくださったと聞きました。お気遣いに感謝します。親切にしてくださったご恩は、忘れません」

冬雪はもう一度、ぺこりと頭を下げる。

顔を上げると、彼は口元に手を当て、どこか複雑そうにも見える目でこちらを見ていた。

「六車くんだよね。下の名前は？」

そういえば、まだ名乗ってすらいなかった。冬雪です、と答えると、字も訊かれて「季節の冬に、雨や雪の雪です」と説明する。

「むぐるまふゆきくん」と確認するように、雨宮は言う。

それから、彼は目を眇めて黙り込んだ。

まるで、冬雪ではなく、冬雪の体を透かして、どこか遠くを見ているみたいに思える。

どうしたのだろうと狼狽えつつも、少し気持ちが落ち着いたせいか、今更ながら、冬雪は目の前の男の際立った容姿に目を奪われた。

こうして生の彼を前にすると、雨宮は本当に美しい顔立ちをしている。

彫りが深く、完璧な左右対称の顔に、光の加減で濃さが変わって見えるブラウンの瞳。焦げ茶色の柔らかそうな髪は艶々していて、乳白色の肌は女優顔負けなほど滑らかだ。

詳しいプロフィールなどは知らないけれど、かなり日本人離れした容貌だ。もしかしたら、どこか別の国の血が混じっているのかもしれない。

無言の雨宮に見つめられ、戸惑いの中でそんなことを考えているうち、扉が二度ノックされる。

「三善なら入れ」と雨宮が声をかけると、先ほど拓也を連れ出しに行った三善が戻ってきた。

「広田さんを入り口までお送りしてきました。釘を刺しておきましたのでもう問題はありません」

釘を刺す、という言葉に冬雪はぎょっとした。

「ご苦労だったな」と返す雨宮は平然としている。

彼は拓也に何をしたのだろうと不安に駆られたけれど、それを訊ねる前に、今度は壁にかかっている電話が鳴った。三善が取ると、オンフックでもないのに聞こえるほど大きなスタッフらしき声が部屋に響き渡る。

『お疲れさまです！　セットの準備が整いましたので、十五分後にDスタに集合お願いします』

「わかりました」と言って三善が受話器を戻す。彼に頷くと、雨宮がこちらに目を向けた。

撮影の合間の貴重な休憩時間を使わせてしまい、心苦しい気持ちになる。

これ以上邪魔をしないようにもう帰らねば、と冬雪は急いで立ち上がった。

退室の挨拶をしようと思ったが、雨宮が「三善、ちょっと」と彼を呼び、小声で話し始めたので、話が終わるまで待つ。

（……取りに戻るって山中さんが伝えてくれてたから、俺の服と荷物は、最初に着替えた控室だよな……）

リュックの中にしまってあるスマホには、おそらく、拓也から怒りの着信やメールが山のように届いていることだろう。

自業自得ながら、自分のしでかしてしまったことにどんよりと気持ちが落ち込んだ。

ぎりぎりの状態で縋るようにして得た仕事で、まさかこんなことになるなんて思わなかった。

これまではどんな状況であっても、ともかく希望を捨てずにいようと思ってきたけれど、さすがに今は気持ちが自己嫌悪の中にどっぷりと沈んでいて、前向きになどなれそうもない。

話が終わったらしく、三善がハンガーにかかっていたジャケットを外して雨宮に渡す。

受け取ったそれに袖を通しながら、雨宮が言った。

「――六車くん」

「は、はいっ」

唐突に声をかけられて、全身がびくっとなる。

それを見て、かすかに目を丸くしてから、雨宮がふっと笑った。

優しげな笑みに、今度は別の意味で心臓がどきっと大きな鼓動を打つ。

「そんなに怖がらなくていいよ。大丈夫だから、ちゃんと息して」

手を伸ばしてきた彼が、落ち着かせようとしてか、そっと冬雪の肩に触れる。

そう言われても、突然優しげな笑顔を見せられたり、こんなふうに触れてこられたりしては、平静を保つのが難しい。

雨宮の行動に、冬雪の体は勝手に竦み、緊張で動きがロボットのようにかちこちになった。

手を引いた彼が、ふいに難しい顔になり、言葉を選ぶように口を開く。

「あのさ……別件の夜の撮影が延期になったから、今日はここであと二シーン撮ったら終わりなんだ。君、このあと時間ある？」

「時間……は、ありますが……」

特に予定は入ってない？と聞き直されて、こくこくと頷く。

無職の身の上なので、今夜の予定どころかこれから先の予定自体いっさいない。

彼はなぜ自分に予定など訊くのだろう。拓也と違って少しも怒っていないようだから、改めて何か詫びをさせようというわけではないようだけれど。

冬雪が質問に戸惑っていると、雨宮は更に予想外のことを言い出した。

「じゃあ良かったら、僕の撮りが終わるまで、ここで少し待っててくれない？」

いったいなんのためだろうと狼狽えながらも頷く。硬い表情の冬雪がいっそう身を硬くしたのに気づいたのか、彼は小さく笑って言った。

「えっと、ごはん食べに行こうって誘ってるんだけど」

「えっ？」

言われた言葉があまりに意外すぎて、聞き間違いかと思う。

悲壮な覚悟で謝罪に来て、まさか食事に誘われるなど考えもしなかった。「病院からまっすぐ戻ったなら、お昼食べてないんだろ。お腹空いてるよね？」と言われたが、緊張しすぎてまったく空腹は感じなかった。

大丈夫?と再度確認されて、断る選択肢がなく、慌てて冬雪はこくりと頷く。

雨宮は良かったと言って表情を緩めた。

（……もしかして、場を変えて、食事の席で改めてお説教をされるってことかな……？）

しかし、彼はそういったまどろっこしいことをするタイプではなさそうに思える。言いたいことがあれば、きっと今ここで言うだろう。

ならばどうして、冬雪を食事に誘ったりするのだろうか。

詫びになるのならいくらでも食事をご馳走したいところだが、どう考えても冬雪より彼のほうが懐は豊かそうだ。

衣装の服を整え終わると、雨宮は「店は僕が決めてもいい？」と訊いてくる。もちろん、冬雪に否やがあるわけもない。

「その制服、衣装だよね？　じゃあ君の服と荷物はここに持ってこさせるように言っておくよ。待たせて悪いけど、そんなに長くかからないはずだから。何かあったらそこの彼、マネージャーの三善になんでも頼んでくれていいから」と言いながら、黒スーツの男を指さす。

「三善、差し入れの茶菓子出して彼の相手をしてやっててくれるか。いいか、ぜったいに帰さないでくれ」

冬雪はその言葉に動揺する。

(今、『ぜったいに帰さないでくれ』って言った……？)

しかし、命じられた三善は疑問を抱くことはないようで、「了解しました、お任せを」とすんなり応じる。

雨宮の考えていることがさっぱりわからない。

どうしていいのかわからず、扉のほうへ行ってしまおうとする背中に、冬雪はとっさに声をかけた。

「あ、あの、雨宮さん……！」

振り向いた雨宮は、困り切った冬雪の顔を見てふと立ち止まる。大股で戻ってくると、なぜかくしゃくしゃと頭を撫でられた。

驚きのあまり冬雪は固まる。

「終わったらすぐ戻ってくるから」と笑みを向け、雨宮は部屋を出ていってしまった。

＊

「店は予約したんだけど、何か食べられないものとか、苦手な料理とかあったりする？」

助手席に冬雪を乗せてドアを閉め、運転席に乗り込みながら雨宮が訊いてきた。

「だ、大丈夫です、なんでも食べられます」

彼がシートベルトを締めるのを見て、冬雪もストラップを引っ張り出したが、手が震えてうまくバックルにロックがはまらない。

雨宮がすぐに気づき、カチッと音がするところまで差し込んでくれてホッとする。

自分の慌てぶりが恥ずかしくなり、礼を言うと「初めて乗る車だと勝手が違うよね」とさりげなく慰めてくれる。

地下駐車場に停められていた雨宮の車は艶やかに光る白の４ＷＤだった。国内の有名メーカーのロゴがついていて、内装からもかなりグレードの高い車のようだ。

普段は徒歩か電車移動で車に乗る機会自体が少なく、高級車になど生まれて初めて乗った冬雪は、決して傷をつけてはならないと思うと緊張した。

窓の外はもうすっかり日が落ちている。

運転に慣れているらしく、雨宮は滑らかなハンドル捌きで、撮影スタジオの地下駐車場から車を出す。

撮影はスムーズに進んだようで、三善に相手をしてもらいながら大人しく待っていると、一時間半ほど経った頃、雨宮は楽屋に戻ってきた。

お待たせ、と言って急いで戻ってきた彼は、手早く顔を洗って詐欺師の衣装から着替えた。今はアイボリーのVネックニットに濃い色のジーンズというラフな雰囲気の服装だ。

スタッフが荷物と服を運んできてくれたので、冬雪のほうもすでに私服に着替えている。

朝、拓也と待ち合わせをして建物に入ったときには、まさか帰りにはこんなことになるなんて夢にも思わなかった。

（……まさか、雨宮さんとごはんなんて……食事の席で、いったい何を話したらいいんだろう……？）

飛ぶ鳥を落とす勢いの超人気俳優と、フリーターのエキストラ。しかも冬雪のほうは撮影に参加する以前のところで、今日はほとんど撮影の足を引っ張りに来ただけのようなものだ。

怒られたいわけではないけれど、わざわざ帰らせないようにと三善に言い、楽屋で待たせてまで食事に連れていこうとする理由がわからない。それならば、一対一で叱りつけるためだと言われたほうが、まだ状況として理解できる気がした。

謎で頭がいっぱいなままの冬雪を乗せて、車は夜の街を滑らかに走り出す。

「待ってる間退屈じゃなかった？」

ハンドルを握る彼が前に視線を向けたまま訊ねてくる。

パッと顔を輝かせると、「全然退屈しませんでした」と言い、冬雪は一時間半の間に三善が見せてくれたものについて話し始めた。


帰宅の時間に重なってしまったために道路は少し渋滞していたが、目的の店はそう遠くではなかった。三十分ほどで雨宮は車を停め、「ここだよ」と言ってエンジンを切った。

車を降りた彼のあとをついていくと、広い植物園のような敷地と道を隔てたところに、趣のある二階建ての大きな和風建築が見える。

『桔梗亭』という由緒のありそうな木札がかけられた立派な門を入ると、中からすぐに落ち着いた色の着物を着た中年女性の仲居が出てくる。彼女はパッと笑顔になり、「いらっしゃいませ」と言うなり、奥に声をかけた。

「若女将、耀仁《あきひと》さんがいらっしゃいました！」

（あきひと？）

呼ばれた名を冬雪が不思議に思っていると、奥から上品な淡い紫色の着物を着た三十代くらいの女性が出てきた。

「耀仁さん、いらっしゃいませ。本日はご予約ありがとうございます」

嬉しげな笑みを浮かべた若女将は、雨宮の斜め後ろにいる冬雪にも微笑みを向ける。

「今日はお友達とご一緒なのね」

「こんばんは、美佳《みか》さん。彼は仕事仲間の六車くん」

振り返った雨宮にそう紹介されて「こんばんは」と冬雪は慌てて頭を下げる。

「まあまあ、ようこそお越しくださいました」と言って、美佳と呼ばれた若女将はいっそう顔をほころばせて、丁寧に頭を下げ返してくれる。

『耀』という名前は、もしかしたら芸名なのかなと考えながら、脱いだ靴を恐縮しつつも仲居に預け、若女将の案内で中へと通される。

行きつけの店なのか、会話をする二人の様子は親しげだ。

料亭らしきこの建物の中には、飴色に磨き上げられた通路の両側に個室があり、それぞれに風情のある部屋の名前が刻まれた木札が下げられている。礼儀正しく頭を下げる仲居と時折すれ違う。部屋の埋まり具合から見ても、なかなか繁盛している店のようだ。

ファミレスにすらめったに行く機会がない冬雪は、夕食に誘われても、彼と飲食をともにする店のイメージがさっぱり思い浮かばなかった。さすが芸能人ともなるとこんな高級そうな店を使うんだな……と内心で感嘆しながら、雨宮のあとについていく。

突き当たりのスペースにはほのかな照明の下、季節の花が美しく生けられている。

何度か右へ左へと通路を曲がって進むうち、かすかに聞こえていた客の騒めきが静かになっていく。若女将は奥まった突き当たりの部屋の扉を開けた。

通された部屋は、最初に四畳半ほどの小部屋が、その奥に八畳ほどの座敷があった。黒光りする座卓と座椅子が据えられた和室の更に奥、ガラスの障子の向こう側には広縁まであるようだ。若女将の采配か、和紙のランプシェードや床の間の生け花は、今風のしゃれた雰囲気で、幅広い年代に好まれそうだ。

都内の閑静な場所に、これだけの敷地を持つ店はかなり贅沢だ。建物の様子や、店内の設えからも、折々の祝いごとや会食に使うような格式の高い料亭らしいとわかる。

(二人分で、いくらくらいするんだろう……?)

冬雪が最初に就職した懐石料理店も高級店だったけれど、食べに入ったことはない。こんな店に客として足を踏み入れるのは初めてだ。

クレジットカードはいちおう作って持ってはいるが、これまで支払いが後日なのが怖くて一度も使ったことがなかった。

だが、今日の迷惑を考えれば、ここの支払いはぜったいに自分がすべきだろう。

（もし、使い方がわからなければ、恥ずかしいけど、仲居さんに訊けば教えてくれるよね……）

かなり値段の張りそうな店だし、来月暮らしていけるかもわからない無職の身には到底分不相応な夕食だが、今日の詫びだと思えば安いものだろう。

ちゃんとカードの支払いができるよう、なんとかして仕事を探さなければと頭の中で考えながら、雨宮に続いて中に入り、向かい合わせの座椅子に腰を下ろす。

二人が着席すると、そばに膝を突いた若女将が訊ねてきた。

「お酒はどうしましょう？」

「今日は自分で運転してきたからやめておく。あ、彼は未成年だし、今日はちょっと本調子じゃないから」

雨宮の説明に、あら、というように若女将が口元に手を当てて心配そうに冬雪を見る。「もう大丈夫なので」と急いで伝えると、気遣うように彼女は微笑み、お大事にしてくださいね、と声をかけてくれる。

「では、温かいお茶をお持ちします。すぐにお料理もお運びしますね。お連れ様も、もし何か口に合わないお料理などありましたら変更しますから、いつでもご遠慮なくお呼びくださいませ」

そう言って若女将が部屋を出ていく。入れ替わりのように仲居が茶を運んできて、部屋の中に緑茶のいい香りがふわりと漂った。

仲居が下がると、向かい側であぐらをかいている雨宮が茶器の蓋を取り、一口飲む。

若女将たちが下がってしまうと、目を伏せた彼は何も言わず、表情もどこか硬いように見える。

(やっぱり俺、何か雨宮さんの機嫌を損ねちゃったのかな……)

スタジオを出るまでは意外なほど親しげに接してくれていたのに、これは、うっかり自分が車の中でしてしまった話のせいだとしか思えない。

この店に向かう車内で、自分を待っている間何をしていたかを訊かれ、冬雪は馬鹿正直に答えてしまった。それからというもの、雨宮はなぜか言葉少なになり、黙り込んでしまったのだ。

しょんぼりした気持ちで冬雪も茶に手を伸ばし、少し啜ろうとして、熱さにびくっとなった。

「――どうしたの、熱かった?」

雨宮が驚いた様子で座卓に手を突き、こちらに身を乗り出してくる。

「だ、大丈夫です、猫舌なので……不注意ですみません」

なんとか零さずに茶器を受け皿に戻し、少しひりひりする舌で冬雪は答える。雨宮は普通に飲んでいたので、特別熱くはないはずだ。いつものようにちゃんと冷ましてから飲まなかった自分のせいだ。

ぼんやりしていた自分が情けなくなる。こんなに失態続きなんて、今日は本当に厄日のようだと泣きたい気持ちになった。

舌見せて、と言われて、やむなくそっと舌先を出す。覗き込んできた雨宮が「少し赤くなってるけど、まあ大丈夫かな……」と呟く。

立ち上がった彼が部屋を出ていく。小部屋のほうで「すみませんが、氷水を一つお願いします」と頼む声が聞こえてきて、壁に備え付けの受話器を取り、仲居と話しているのだとわかった。

「あの、雨宮さん、俺は大丈夫なので……！」

慌てて声をかけたが、彼は注文を取り消そうとはしない。待つほどもなく仲居が一杯の氷水を運んできてくれた。

「あとで酷くならないように、少しの間氷を舐めて冷やしておいたほうがいいよ」

「すみません……、ありがとうございます」

礼を言い、素直に氷を口に含む。茶で舌を火傷するなんて、きっと雨宮も呆れただろう。恥ずかしかったが、確かに舌はじんじんしていたので、そっと舐めて冷やしながら、彼の気遣いに感謝した。

再び向かい側に腰を下ろした雨宮が、一瞬迷うように視線を揺らす。それから彼は小さく息を吐いた。

「……ここは、親戚がやってる料亭なんだ」

その言葉に、冬雪が彼を見ると、雨宮も冬雪に目を向ける。

「若女将の美佳さんは僕の遠縁。だから、予約とか、突然でも多少融通を利かせてくれるんだよね。ここ、静かで落ち着けるから気に入ってるんだ」

先ほどの若女将との親しげな様子に納得する。

店内の個室はほとんど埋まっているようだったが、ここは奥まった場所のせいか、確かにとても静かだ。視線を巡らせたとき、ふと不思議なことに気づく。

——この店には、なぜかいつもの黒いもやもやが一匹も見当たらない。

古い建築物には、大小なんらかの邪のモノがこびりついたように巣食っているのが普通だ——霊験あらたかな寺や神社などを除けば。

もしかしたら、ここは元々、神社仏閣の類いだったのだろうかと考えながら、冬雪はハッとした。

(……いや……そもそも……、スタジオで雨宮さんの楽屋に入ったあたりから、一匹も見かけていないかも……?)

怒涛の出来事の連続だったので、これまでは深く考えるだけの余裕がなかったけれど、撮影スタジオに雨宮が入ってきたときは衝撃だった。冬雪には、彼が異様なほどの光を放っているように見えたのだ。

目覚めて楽屋に詫びに行ってからは、かすかに輝いているように感じられるときもあるけれど、気のせいと言える程度で、まともに見えないほどの強烈な光を感じたのは、あのときだけだ。

しかも、山中たちは何も言っていなかったから、おそらく、彼があんなふうに見えたのは、自分だけらしい。

(いったい、あの輝きはなんだったんだろう……)

そう考えながら、冬雪は思わず目の前の男をまじまじと見つめる。私服に着替えた雨宮の左手の袖口には、ちらりと腕時計と、それからブレスレットのようなものが覗いている。おそらく、身に着けているものすべてが、冬雪が着ている量販店のセール品とは桁が違う品なのだろう。

あらゆる意味で確実に住む世界が違う人間だというのに、今、この人と向かい合って食事の席についていることが不思議でしかない。昼間、スタジオで失神したあと、目覚めずに夢の中にいるのだと言われるほうが納得がいくほどだ。

冬雪が見ていることに気づいたのか、茶を飲んでいた彼が「どうかした？」とかすかに首を傾げる。

つい凝視してしまった無礼にハッとして、慌てて冬雪は窓のほうに目を向ける。

「い、いえ……本当に、すごくいいお店ですね」

うん、と頷いて彼が口の端を上げる。

舌を火傷したあとから、車の中で彼が作っていた壁のようなものが消えているように思え、冬雪は安堵を感じた。

「……車の中では、黙っちゃってごめん」

ぽつりと謝られて、え、と冬雪は目を瞠った。

「まさか三善が、暇潰しとはいえあんなもの見せるとは思ってもいなかったから」

雨宮がぼそぼそと言い辛そうに話す。

「他にもいろいろ面白いものがあるだろうに……ほんとあいつ、なんでよりによってあれを見せるかな」

苦い口調で言うのを聞き、冬雪は慌てて口を開いた。

「あ、あの、三善さんを怒らないでください。きっと、俺を元気づけようとして見せてくれたんだと思うので……」

彼に頼まれたせいか、三善は楽屋で飲み物や菓子類をあれこれと用意して、冬雪を気遣ってくれた。更に、雨宮を待つ間、『時間もありますし、良かったら見ませんか』と言って見せてくれたのは、〝雨宮耀〟の様々な映像や写真だった。

彼は大学進学を機に上京し、在学中にスカウトされて芸能界にデビューした。モデルとして雑誌に出るなり、次シーズンの特撮番組のヒーロー役に抜擢され、瞬く間にCMやドラマ、映画にと引く手あまたとなったらしい。

三善がタブレットで再生してくれたのは、この五年間の彼の活動の軌跡だった。

三善からは『六車さんは雨宮のファンなんですよね』と訊かれた。どうやら自分が雨宮の前で失神したことは、スタジオにいなかった人たちの中ではそのように受け止められているらしいと気づき、冬雪は赤面したり青くなったりした。とはいえ、雨宮が冬雪にとって好きな俳優であることは間違いないので、問いかけを否定することはできなかった。

だからおそらく三善は、冬雪が気を失うほど好きな俳優、雨宮のマネージャーの立場から、サービスとしてお宝動画を見せてくれたのだと思う。

そうして、これといった趣味もなく、誰かのファンになる余裕もないまま生きてきた冬雪は、初めてじっくりと腰を据えて、俳優・雨宮耀の演技を見る機会を得た。

中でも冬雪の心を打ったのは、デビュー直後だという彼のアクションシーンの練習風景だった。特撮ドラマのDVD発売時に初回の特典映像としてつけられ、最近期間限定で公式サイトで公開されていたものだという。

それは、今よりも少し髪の短い雨宮が、何度も監督に駄目出しをされ、改めて一人で練習を繰り返し、OKが出るまでを写したドキュメンタリー映像だった。

疲れ切って汗塗れになり、悔しそうに歯を食い縛って前を睨みつけながらも、彼は一言の文句も零さずにただ黙々と繰り返し練習を続けた。

ようやくOKが出たときの少年のような笑顔が印象的だった。こんな顔もするんだと冬雪はどきどきしながらその映像をのめり込むように目で追った。現在の雨宮の、完成された非の打ちどころのないイケメン俳優、というイメージとのギャップに、冬雪はあっという間に引き込まれてしまった。

冬雪はずっと、どうにか一人で食べていくために、必死に生きてきたつもりだった。けれど、自分は今まで、これほどまでに全身全霊をかけてがむしゃらに、何かに打ち込んだことがあっただろうか？　そう自問自答したくなるほど、駆け出しの頃の雨宮の映像は衝撃的なものだった。

しかし、感動のまま、ついその気持ちを話してしまったせいで、運転しながら雨宮は黙り込み、それ以降はずっと車の中でも沈黙が続いていた。

なぜかはわからないが、雨宮が、冬雪が見せてもらったものを不快に思ったことはわかった。

しかし、冬雪は三善のおかげでかなり気持ちが楽になったのだ。だが、口下手な自分はそのことをうまく伝えられないまま、目的地に着いてしまった。

「……俺、あの映像を見せてくれて、三善さんに感謝してるんです。なんていうか……すごく、勇気づけられたので」

そう言うと、少し困ったように顔を顰め、雨宮は視線をそらした。

「あれ、撮ってるのは知ってたんだけど、まさか公開されるなんて思ってもいなかった練習シーンだったんだよ。ずいぶん前のものだけど、今でもあんまり見られて嬉しいものじゃなくて……汗だくだし、転んだりもしてて、ほんとカッコ悪い」

「カッコ悪くなんかなかったです！」

思わず手を握り締めて言うと、雨宮が目を丸くする。つい力説してしまった自分が恥ずかしくなったが、彼は誤解しているようなので、これだけは言わねばと思う。

「すごく、ものすごく、カッコ良かったです」

そう？と小さく笑い、雨宮は礼を言う。今では褒められ慣れているだろうに、嬉しそうな、どこか照れたような顔を見せる彼に、胸がきゅんとなった。

「でもまあ、あれ見て六車くんが元気出してくれたなら、いいか」

三善を怒ったりはしないから、と約束してくれて、冬雪はホッとする。

実は、冬雪が感激して没頭して見ているのに気づくと、三善は他にも、さすが俳優と惚れ惚れするような最近の撮影現場の動画や、雑誌撮影時の写真などをあれこれと見せてくれた。いくつかは公開前の作品も含まれていて、どれもオフショットだ。どの写真も動画でも雨宮は抜群に格好良くて、真摯に仕事に打ち込んでいるのが伝わってきた。『耀さんは、今ではNGをほとんど出さないことに定評があるんですよ』と三善は自慢げに言っていて、冬雪も見ながら感嘆した。芸能人はすごい美貌や才能に恵まれた上に努力のかたまりなのだと、改めて実感した。

できることならもっと感動を伝えたい気持ちもあったけれど、三善が怒られては困るので、それ以上口に出すことはできなかった。

会話が途切れて、広縁のほうに目を向ける。部屋が静かになると、水の流れるかすかな音に気づく。どうやら窓に面した裏庭は日本庭園になっているらしく、窓越しにぽつぽつと灯篭の明かりが覗いているのが見えた。

昼間に来たら庭も見えたかななどと思いながら、ぼんやりと見るともなしに窓のほうを見ていると、ふいに雨宮が口を開いた。

「六車くんは、スマホ出さないんだね」

「え？」

彼は少し不思議そうな顔でこちらを見ている。

「今はみんな、ちょっと手持ち無沙汰になるとすぐスマホを弄り出すだろ。写真撮ったりとかSNSにアップしたり」

「俺、SNSアカウント持っていないんです」

冬雪は、自分のスマホは古い機種なので、メールと電話にしか使っていないのだということを説明する。

「へえ……それは、かなり珍しいね」と言い、まるで面白いものを見つけたかのように、彼は笑顔になった。

特に面白い話ではない。単に暮らすだけでカツカツなので、そう簡単に機種変更できないというだけのことだ。けれど、雨宮が冬雪の古いスマホに興味を示したので、恥ずかしいけれどバッグから取り出して見せる。大事に使っているから見た目はそう古く見えないものの、ネット検索すらもままならない。通話だけは普通にできるけれど、そのほかは目覚まし時計をセットして、メールの送受信をする程度が限界だ。

「本体も使えるメモリーカードも容量が少なくて、何枚か写真を撮っただけですぐフォルダがいっぱいになっちゃうんです」

だから、どうしても撮りたいとき以外は写真も撮らない、と言うと、なぜか彼の機嫌はいっそう良くなった。「ふうん、そういう人、最近では初めて会った」と言って、にこにこしながら楽しそうに冬雪のスマホを眺めている。彼の懐具合なら最新機種を次々買い換えられるだろうから、古い機種が物珍しいのかもしれない。

そういえば、雨宮自身もこの店に入ってからスマホを取り出してはいない。何が彼の気を良くさせたのかさっぱりわからないが、向き合っているのにずっとスマホに熱中されたり、古いスマホを馬鹿にされるよりはずっといいと冬雪も安堵した。

話しているうちに、若女将と仲居が料理を運んでくる。

膳の上に九つの皿が載せられ、先付から蒸し物まで、彩り鮮やかで美しく上品な料理が並んでいる。手の込んだ精進料理だ。

続けて、ごはん物とお吸い物、デザートの旬の果物の飾り切りまでが別の盆で一気に運ばれて座卓の上に並べられ、冬雪は目を丸くした。

「食後にお茶でもコーヒーでもお好みでお出ししますので、お好きなときにお申しつけくださいね」

若女将が言い、ごゆっくり、と頭を下げて二人が下がっていく。

箸を取りながら雨宮が言った。

「本当はごはんとかデザートはあとから持ってきてくれるんだけど、何度も来られると落ち着かないし、今日はまとめて持ってきてくれるように頼んでおいたんだ」

どうやら、高級料亭に慣れていない冬雪を気遣ってくれたらしい。確かに、そのほうがゆっくり食べられそうだ。冬雪が礼を言うと、「いや、ごめんね勝手に。冷めちゃうから、どうぞ食べて」と勧められる。

食べ始めると、料理はどれも下ごしらえから手間暇かけられて、丁寧に作られていることがわかる。

下働きをしていた手前、和食にはそれなりに詳しくなったつもりでいたが、食べ進めるうち、なんの料理かわからないものが時折あった。これはなんだろうと思いながら咀嚼していると、不思議そうな表情に気づいたらしい雨宮が、「それはたぶん、鱈とゆり根を混ぜたものじゃないかな」と教えてくれる。

座卓のそばに置かれた茶のセットの盆の上から、彼がメニュー表を取る。

手渡されて読んでみると、確かに鱈とゆり根に山芋を合わせて蒸し、梅味の餡をかけたもののようだ。近い料理の下ごしらえを任されたことはあったものの、食べたことがなかったのでわからなかった。

懐石料理の店で働いていた冬雪よりも、雨宮は和食に詳しいようだ。きちんと背を正して座椅子に座り、箸の扱いや食べ方もとても綺麗だ。俳優として必須の嗜みなのか、それとも、もしかしたら元々いい家の出なのかもしれない。

時折、ぽつぽつと会話を交わしつつ、静かに味わいながら、冬雪は美味な夕食を堪能した。

まるで夢の中にいるかのような、不思議な夜だった。

食後の茶を飲み終わると、雨宮は入口までの見送りを断って席を立った。

部屋で見送られるとき、若女将から「お料理はお口に合いましたか？」と心配そうに訊かれた。

「はい、全部とても美味しかったです」と冬雪は力を込めて言い、ごちそうさまでしたと頭を下げた。

「またぜひいらしてくださいね」と言われたけれど、残念ながら、自分がこんな立派な店に足を踏み入れる機会は、もうないだろう。

入り口で靴を履くところまできて、はたと気づく。どこにも会計をする場所がない。雨宮は仲居が出してくれた靴を履いている。

「すみません、あの、お会計はどこでしたらいいんでしょうか？」

そばに膝を突いた仲居にこっそり訊くと、彼女は笑顔になり、「もうお済みでございますよ」という答えが返ってきた。

え？と目を瞬かせる冬雪を、「六車くん、大丈夫だから。ほら、靴履いて出よう」と、雨宮が促してくる。

わけがわからないまま急いでスニーカーを履き、三つ指を突いた仲居に見送られて、冬雪も入り口を出た。

門のところで待っていてくれた雨宮に急いで訊ねる。

「あの、支払いは……」

「済ませたから大丈夫だよ」

やはり、いつの間にか彼が払ってくれたのだ、と冬雪は青褪めた。

食後の茶が来る前に雨宮は一度席を外した。電話かな、と思っていたが、もしかしたらあのときに済ませてくれたのかもしれない。本当は自分が気を利かせて先にそうすべきだったのにと、冬雪は狼狽えて反省しながら、必死に言った。

「でも、今日は俺がお詫びをしなくちゃならないので」

「詫びなんてしなくていいって言ったはずだよ。そもそも、君に出させようなんて最初から思ってない。誘った上に二時間近く待たせたんだから、僕が払うに決まってるだろ？」

焦る冬雪に呆れ顔で振り返り、雨宮が言う。

だが、ぜったいにこの店の料金は高い。先ほどの料理の内容を考えて、どんなに安くとも一人五千円から一万円はするだろう。

冬雪にとっては大金でも、稼いでいるであろう彼にとっては大したことのない出費なのかもしれない。

それでも、甘えていい理由にはならないと思う。

頭の中で悩んでいるうち、駐車場に着き、彼が助手席のドアを開けてくれる。

悄然としたまま乗り込むと、冬雪はドアを閉めようとした雨宮を見上げた。

「俺は、あなたにご迷惑をおかけしたのに……どうして、食事をご馳走してくれるんですか？」

面食らったように雨宮は動きを止めた。

「……特に理由なんかないよ。今日は倒れたりで大変だったし、お腹も空いてるだろうから、ごはん食べさせてあげたいなと思っただけ」

彼は戸惑って見上げる冬雪に、困ったように笑いかけた。

「年下で未成年なんだし、本当に詫びとか礼とか考えなくていいよ。君が美味しいもの食べて、少しだけ元気出してくれたら、それでいいから」

それだけ言うと、ドアを閉めた雨宮が反対側に回り、運転席に乗り込む。

どうやら彼は、本当に純粋な親切心から、冬雪に夕食を食べさせてくれたのだとわかった。

(雨宮さん……いい人なんだな)

驚きとともに、じわじわと居た堪れなさが湧いてきた。

彼は最初から失態を演じた冬雪を一度も怒らずにいてくれた。デビュー当時の動画を見せてもらった話をしたときだけは、不機嫌になったのかと不安に思ったが、それは単純に見られたことを恥ずかしがっていただけだ。しかも、あとでちゃんと謝ってもくれた。

初対面の自分にこんなにも優しくしてくれる彼に、迷惑ばかりかけ、最後は高級料亭の食事代まで出させてしまった。

ご馳走さまでした、と一言で済ませるには申し訳なさすぎて、「すみません……いろいろ、本当にありがとうございました」と詫びと礼を言って、ぺこりと頭を下げる。

エンジンをかけた彼が、左手でナビを操作しながら訊ねてくる。

「六車くん、家はどの辺り？　ナビに入れるから、住所言ってくれる？」

家はないんです、とはさすがに言えず、冬雪はとっさに言葉に詰まった。

「あ、あの……、最寄りの駅で降ろしてもらえたら助かります」

「そんなわけにいかないよ」と言い、雨宮がこちらに目を向ける。

「僕が勝手に店を選んでここまで連れてきたんだから、遠慮なんかいらないよ。山中さんから芸能活動してるわけじゃないって聞いたけど、十九歳なら大学生？」

「いえ、違います」

「じゃあフリーターかな。どっちにしても、あんまり遅くならないうちに帰さなきゃ」

状況的にはフリーターだが、今現在は無職の身だとは言い出せなかった。

ナビから目を上げた彼に「ほら、千葉でも埼玉でも、遠くても気にしないから」とせっつかれる。

どうやら彼は、冬雪は自宅が遠く、そのせいで送ってもらうことを躊躇っていると誤解しているらしい。

やむを得ず、今夜も使うつもりだったネットカフェの最寄り駅を伝える。

それを聞いた雨宮は不思議そうな顔になった。

「え、都内なの？　全然遠くないじゃないか。それとも途中駅？　買い物とかあるんなら店に寄るし、もう遅いからちゃんと自宅まで送っていくよ」

「買い物とかはないんですが……本当に、どこか降ろしやすい駅に寄ってもらえたら」

遅いと言っても、まだ日付が変わるまで三時間近くある。冬雪は女の子ではないのに、あまりにも紳士的な雨宮の言葉に、感動を通り越して驚いてしまう。

頑なに自宅の住所を言わない冬雪に呆れたのか困ったのか、一瞬彼は黙り込み、それから手を伸ばして、うつむいている冬雪の顎に触れた。そのままゆっくりと彼のほうを向かされ、思わず息を呑む。

駐車場にぽつぽつと灯されている街灯の明かりだけで、車内灯は点いていない。

薄暗い車内でじっと見据えられると、間近にある雨宮の顔は身震いするほどに綺麗だった。撮影用のメイクは落としたはずなのに、艶やかな肌に、目元に影が落ちるくらいに長い睫毛。美を研究して完璧に作られた彫刻のような顔立ちと、射貫いてくる目力の強さに、冬雪は言葉が出なくなる。

こうしてそばで見ていても、彼は美しすぎて、生きて動いているのが不思議なくらいだ。

見られることに慣れているせいか、自分の顔に目を奪われている冬雪をよそに、雨宮は眉を顰めた。

「何か言い辛いことがあるみたいだね……もしかして、家出中？」

意外なことを言われて、「い、いえ、違います」と慌てて答える。

一人暮らしなの？と訊かれて、ぎこちなく頷く。

「じゃあ、なぜそんなに頑なに家の場所を教えたがらない？　まさかと思うけど……酒ならともかく、家にクスリでも置いてる？」

かすかに眉根を寄せた彼が、じっと冬雪の目を見つめて問い質してくる。

責めようとしているわけではなく、どうやら本当に心配してくれているようだ。

そう気づくと、情けなさから本当のことを言えずにいた自分が恥ずかしくなった。

「家出でも、酒とかクスリとかでもないです。えと……実は、今ネットカフェに住んでて……」

「ネットカフェ？」

正直に打ち明けると、彼は冬雪の頬からやっと手を離し、怪訝そうな顔になった。

半年ほど前にそれまで働いていた飲食店が潰れて、家賃が払えずに部屋を引き払ったこと、今はやむを得ずネットカフェ住まいの身であることを簡単に説明する。

聞いた彼は信じ難いという表情を浮かべている。

「で、でも、少しお金が貯まったら、また部屋を借りるつもりなので」

雨宮の表情が複雑そうだったので、慌ててそう付け加える。

「……頼れる家族とか、居候させてくれるような友達は？」

「家族は、いません。友達も、みんな大変なので」

さすがにこの上、両親に捨てられて施設育ちだとは言い辛くて、曖昧に答える。

就職後は忙しさもあり、一緒に育った施設の仲間ともほとんどが疎遠になってしまった。連絡先を知っている友達はいるけれど、そもそも家族がいる者も、親が病がちだったりむしろ世話が必要だったり、冬雪のようにまったく身寄りのない者も多い。皆、自分のことだけでせいいっぱいで、人を助ける余裕なんてなく、とても頼れない。

――そんな中で、唯一、いざとなったとき冬雪が連絡できるのが、あの拓也だったのだ。

雨宮は関わらないほうがいいと言っていたが、おそらく、もう冬雪には関わりたくないと思っているのは拓也のほうだろう。

（今後は、もう電話しても出てくれなくなるかもな……）

怖くてまだスマホを確認していないが、あれほどの怒りがそうそう解けるとは思えない。どんなに謝っても許してはもらえないかもしれないけれど、明日になったら改めて拓也に謝罪のメールを送ろうと思った。

なるべく悲壮な雰囲気にならないように伝えたつもりだったが、冬雪の現状を知った雨宮は、やはり驚いているようだ。

つい本当のことを伝えたせいで、彼を困らせてしまったのだと気づき、冬雪は申し訳ない気持ちでいっぱいになった。

「あの……近頃のネットカフェって、すごく清潔で便利なところなので、そんなに酷い暮らしをしているわけではなく……」

「うん、使ったことはないけどだいたいわかるよ。でもさ、帰れる家がないと、落ち着いて暮らせないだろう？」

真顔のまま答えられては、もはや何も言えずに項垂れるしかない。

「エキストラが本業じゃないんだよね。仕事は？」と訊かれ、「働いてたコンビニの閉店が決まって、今、探しているところで……」と答える。

改めて口にしてみると、自分がどうしようもないほど行き詰まった状況にいると気づかされる。

そう、と言って彼は前を向くと、ハンドルを抱え込むような姿勢で黙り込んでしまう。

（……また、雨宮さんを黙らせてしまった……）

難しい顔になった彼に気づき、冬雪は居た堪れずに沈んだ気持ちになった。

お宝映像の感動を伝えたときもそうだが、自分にはどこか、空気を読めないところがあるのかもしれない。

もっと当たり障りなく、買い物があるので、とか、友達と約束ができたから、とか、適当にごまかしておけば良かったのだ。

別れ際、三善が明日のスケジュールを伝えていた。彼は明日も朝から仕事なのに。

どうして、馬鹿正直に自分の現状を話してしまったのだろう。

優しくしてくれたこの人に嘘を吐きたくなかった。けれど感謝の気持ちがあるなら尚更、彼には本当のことを言うべきではなかったのだ。

ちらりと様子を窺ってみても、彼はまだ黙り込んでいる。

優しい雨宮は、おそらくうっかり聞いてしまった予想外の冬雪の境遇に困惑しているのだろう。脚光を浴びる彼と、どん底を彷徨っている自分では、住む世界が違いすぎるから。

(ともかく、礼を言って、駅までは歩いたほうがいいかもしれないな……)

辺りに通行人は見当たらないけれど、撮影スタジオから車でもそう遠くない場所だった。コンビニでも探して、最寄り駅までの道を訊けばいい。

閉園時間の植物園には街灯が少なく、周辺の道は薄暗い。夜道は苦手だが、駅まで急げば、どうにかしていつものネットカフェまでたどり着けるはずだ。

冬雪が意を決して、「あの」と雨宮に声をかけたときだ。

「――うん、決めた」

続きを言う前に、ふいに彼が口を開いて、パッと身を起こす。シートベルトを締めてヘッドライトを点け、助手席の冬雪に目を向けた。

「六車くん、安全なところを思いついたから、シートベルト締めて」

「い、いえ、大丈夫です。俺、もうここで……」

降りますから、と言おうとすると「駄目」と遮られる。

そう言われて驚いたが、素直に従うわけにはいかずに急いで言った。

「雨宮さん、すみません、お気遣いは本当にありがたいんですが、大丈夫です。俺、一人で帰れます」

シフトレバーに手をかけていた彼が、動きを止めてこちらを見る。

ドアを開けようとする冬雪を制止するでもなく、雨宮は静かな目でこちらを見据えた。

「あのさ……すごく言いにくいんだけど」

「はい……？」

言いかけた言葉が気にかかり、冬雪は聞く姿勢をとる。

「もしもこのまま、その定宿にしてるネットカフェに戻って寝起きしてたら、遠からず君、命を落とすことになると思うよ」

「え……ええっ⁉」

信じ難い宣告に驚愕すると、彼は小さく息を吐いて視線を伏せる。

「Bスタに入ったときから、やばい子がいるなーとは思ってたんだ。ふらふらしながら僕のほうに寄ってきたから、そのとき君に憑いていたモノたちはとりあえず全部消したけど」

「消したって……、じゃ、じゃあ」

冬雪は心底驚いた。雨宮には、あの黒いもやもやが見えていたようだ——しかも、あれらを消せるだなんて。

「でも、それは一時的なものでしかないから。根本的に祓わない限り、隙を見せればまた何度でも憑りつかれることになる」

雨宮は落ち着いた口調で言う。ごく稀に邪の存在が見える人はいるようだが、『消せる』という人には、生まれてこの方会ったことがなかった。有名な寺の住職でも神社の神主でも、冬雪に憑いているモノたちを認識できる者すらめったにいなかったほどだ。

呆然としている冬雪を前に、彼は冷静な表情だ。

「これまで、ずいぶん苦しかっただろう。でも、どう？　今はスタジオにいたときよりもずっと体が楽じゃない？」

「はい、すごく……」

確かに、不思議なくらいに体は軽くなった。

倒れたときに病院で点滴をしてもらったおかげかと思っていたが、彼の言葉を聞くと、まさか、と思う。思わず雨宮をまじまじと見つめると、彼はどこかいたずらっぽい表情で片方の口の端を上げた。

「信じてもらえるかわからないけど、僕がいると、悪霊や妖の気を持つような邪のモノたちは、いっさい近寄ってこられなくなるんだ」

「ど、どうしたら、そんなことができるんですか？」

とっさに食いつくようにして冬雪は訊ねる。もし、彼のようにできる方法があるのなら、人生が変わる。そのやり方を、喉から手が出るほど教えてもらいたかった。

「うち、実家がかなり昔から受け継がれてきた神社でね。古くから代々優れた陰陽師を排出してきたといわれている家系なんだよ。家は今も陰陽師を家業にしている。僕はもう家を出てほぼ勘当同然だし、修行も中途半端にしかしていないんだけど。この血筋とご先祖様のおかげで、大層な守護がついているみたいなんだよね」

淡々と、まるでなんでもないことのようにさらりと言うけれど、すごい話だった。

彼は、生まれながらにして呪われているような冬雪とは、正に真逆の存在らしい。

衝撃を受けたものの、その話でやっと腑に落ちた。

——なぜ、スタジオに入ってきたとき、彼が光のかたまりのように見えたのか。

スタジオは空気が悪かった。原因はわからないけれど、土地か建物が呪われているのかもしれないと疑いたくなるほどだった。

おそらく、いつも悪霊たちが黒いもやもやにしか見えない冬雪が感じるよりも、ずっと多くの『悪いモノ』たちがあそこにいたのではないか。

そこへ、負の存在を寄せつけないという雨宮が足を踏み入れたことで、冬雪の目に眩しい光のように映ったのだろう。

光に一歩近づくたびに体が楽になった理由も、話を聞けば納得だった。彼に触れたとたんに痺れが体を貫いたのもわかる。冬雪にまとわりついていたモノたちを、彼が『消して』くれたからだ。

「とりあえずなんとかして、君がああいうモノに襲われずに済むような対策を考えるからさ。それまでの間は、ともかく僕のそばにいなよ」

それだけ言うと、雨宮は前を向いてシフトレバーを操作した。

「でも」とまだ何か言おうとする冬雪の言葉を遮り、彼は言い切った。

「事情を聞いちゃった以上、夜に一人で帰すなんてみすみす死なせるも同然だ。ほら、アクセル踏めないから、早く」

急かされて、仕方なく慌てて冬雪はシートベルトを締める。

それを横目で確認すると、すぐに雨宮は車を発進させた。


車は街灯に照らされた夜道を進んでいく。助手席に座った冬雪は、窓の外を見つめながらひたすら考え込んでいた。

「あの、やっぱり、次の信号で降ろしてもらえませんか。俺、地下鉄で帰りますので」

「それは駄目だって言っただろ？　まさか死にたいの？」

前を向いたまま、ハンドルを握る雨宮に呆れたように退けられて、冬雪はぐっと答えに詰まる。

(雨宮さんは、どこに行くつもりなんだろう……)

ぐるぐると頭の中で悩む。不安に駆られながらまた窓の外に視線を向けたとき、そばに地下鉄の駅への入り口が見えることに気づいて冬雪はハッとした。

——このまま彼の車に乗っていてはいけない。

何よりも冬雪は、彼にこれ以上迷惑をかけたくなかった。散々な冬雪の事情を知ってしまった雨宮は、何か、思いもかけないことを考えていそうな気がするのだ。

この人をもう、疫病神のような自分に関わらせてはいけない。そう思うと、強い焦りを感じる。

雨宮は次の信号で左折するつもりらしく、片道四車線の大通りでスムーズに車線変更し、一番左側のレーンに入った。信号が赤になり、ゆっくりと停車する。

(……今なら降りられる……?)

チャンスに気づき、冬雪はとっさにシートベルトを外す。そのとたん車内にアラームが鳴り、ぎょっとしたように彼がこちらを見る。

「雨宮さん、いろいろ、本当にすみません、ありがとうございました」

もっと礼を言いたかったが、どうにかそれだけを言うと、素早くドアを開けて冬雪は車を降りる。

「六車くん、駄目だって!」

慌てた声が背中にかけられたが、後部からバイクや自転車が走ってきていないことを確認するのがせいいっぱいで、急いでドアを閉める。

もう一度、すみません、と言って運転席で愕然とした顔をしている雨宮にぺこりと頭を下げる。先ほど見つけた地下鉄の入り口に向かって、冬雪は駆け出した。


車を降りたのは、ちょうどオフィス街に差しかかったところだった。

ビル沿いの歩道を帰宅途中の人々がぽつぽつと歩いている。憑き物体質としか言えない状況の冬雪は危険を避けるために、できる限り夜遅くに外を歩かないように気をつけているけれど、今日ばかりは仕方ない。

雨宮の車から離れるなり、どこからともなく黒く小さなもやもやたちが現れて、ぽんと肩や腕に乗る。払う間もなく更に一つ、二つと増えていき、あちこちから冬雪をめがけて集まってきた。これまでずっと、影も形も見当たらなかったのに、と驚く。どうやら本当に、奴らは雨宮のそばには近づけなかったようだ。

〝大層な守護がついてる〟と言っていた彼の言葉は本当だったのだと、内心で冬雪は感嘆した。

続々と寄ってくる黒いもやもやを払い落としながら、小走りで道を急ぐ。奴らが嫌うような、明るく清潔で安全な場所は周囲には見当たらない。無事に定宿のネットカフェにたどり着けるようにと祈りながら足を速め、ひたすら走った。

歩道の赤信号に引っかかって足を止めた瞬間、ぞくっと悪寒がした。

恐々と見回してみると、車が行き交う大通りに、巨大な黒い影がゆらりと蠢いているのが見える。

ゆらゆらと揺れていたそれは、冬雪が自分の存在に気づいていると知り、こちらに近づいてきた。

（やめろ……、来るな……！）

心の中で必死に訴えたけれど無駄だった。信号を無視して逃げようにも、すでに金縛りに遭ったみたいに体が動かない。じわじわとすぐそばまで近づいてきた巨大な影は、冬雪を呑み込むようにして包み込む。小さなもやもやたちが嬉々として冬雪の背中を押し、足を前へと引っ張る。そうして、邪のモノたちはずるずると大通りのほう——つまり、行き交う車の前に冬雪を引きずり出そうとする。

すれ違うサラリーマンが、顔面蒼白でよろよろと足をもつれさせている冬雪を怪訝そうな顔で眺めていく。酔っ払いを見るような蔑んだ目の色だった。

——誰も助けてはくれないし、気づきもしない。当然だ、気づくはずもない。まさかすぐそばにいる通行人が悪霊に目をつけられ、今まさに命を奪われそうになっているだなんて。

邪のかたまりである大きな影と、それに便乗するように集まってきた小さな無数の黒いもやもやたちに捕われ、必死で足を踏ん張ろうとするけれど、どうやっても力が入らない。

守ってくれようとしたのに、勝手に雨宮の車を降りたことを深く後悔したが、後の祭りだった。

『遠からず君、命を落とすことになると思うよ――』

先ほどの雨宮の声が脳裏に響く。

（たすけて……）

今更ながら切実に願ったが、抵抗も虚しく車道に連れ出されていく。冤罪で死刑台に連れていかれる人の気持ちが、今は痛いほどよくわかる。

近づいてくる車の眩しいほどのヘッドライトに照らし出される。

絶望した瞬間、目の前で火花が散ったように煌めく。一瞬、何かが弾けたみたいに、辺りに大きな光が瞬いた。

冬雪は強く肩を掴まれて、力ずくで歩道に引き戻される。

激しくクラクションを鳴らしながら、車が通り過ぎていく。

死の寸前までいった冬雪を助け、体をきつく抱き竦めていたのは、険しい表情をした雨宮だった。

はーっと深く息を吐いた彼は「大丈夫？　怪我はしてないよね」と確認してくる。

ぎくしゃくと頷くと、どっと恐怖が襲ってきて、がくがくと体が震え始める。

「おい、あれ……」

通りかかった二人組のサラリーマンが、こちらを見て、驚いた顔で何か話している。

眼鏡もマスクもなしの雨宮は、ドラマやＣＭに出ている彼そのままで、とてつもなく目立つ。

彼らがスマホを取り出すのを見て「行こう」と短く雨宮が言う。どうにか足が動くようになった冬雪の手を引き、彼は来た道を戻り始めた。

どうやら雨宮は、冬雪が勝手に車を降りたあと、やむなく近くの側道に車を路駐してきたらしい。

運良く取り締まりに引っかからないうちに車に戻ると、彼はまだ恐怖のあまり呆然としている冬雪のほうに手を伸ばし、シートベルトを締めてくれる。彼が運転席のシートに戻ると、カチッとドアが鳴った。

「運転席側から集中ロックかけたから、もう降りられないよ」

車を出しながら言われたけれど、あんな目に遭ってはもう降りようとは到底思えない。

大人しく助手席に収まっているうち、少しずつ、体の震えが止まっていく。

悪意のかたまりのような存在に包み込まれて連れていかれそうになる恐怖は、例えようのないものだ。

バイトが長引き、仕方なく夜の駅や繁華街を通ることになったとき、何度か似たようなことはあったけれど、できる限り避けてきたおかげで最近は回避できていた。

（また……迷惑をかけちゃった……）

雨宮の邪魔になりたくなかったのに、忠告を聞かず、余計に迷惑をかけてしまっている。

どのくらい走っただろう、車が速度を落としてくぐったのは、閑静な住宅街の一角に立つ重厚な設えの門だった。

正面には七、八階建てくらいのヨーロピアンな雰囲気をしたビルが立っていて、駐車場は地下にあるようだ。緩やかなスロープを下り、彼はその一角にゆっくりと車を停める。

「着いたよ」

周囲に停まっている車は、どれもこれも艶やかに磨き上げられた高級車ばかりだ。

「あ、あの……ここはどこですか？」

困惑して訊ねると、ちらりと冬雪を見て雨宮は答えた。

「僕の家」

車を降りながら平然と言う彼に、冬雪は仰天する。

(僕の家……家って、つまり、雨宮さんが住んでるマンションてこと……？)

ハッとして急いで降りようとして、シートベルトを外していないことに気づく。

もたもたしているうち、雨宮が助手席のドアを開ける。彼は代わりにシートベルトを外し、手を差し出してくれた。

その手を取っていいものか、冬雪は激しく迷った。

「どうしたの？」

身を屈めた雨宮が訊ねてくる。

「もし、俺に憑いてるモノたちが、まだ近くにいたりしたら……あれを雨宮さんの家に連れていくことになってしまいます」

悲壮な覚悟で、正直に打ち明ける。ふっと彼が笑う気配がした。

「大丈夫だよ。言っただろ？　悪いモノは僕には近づけない。だから、僕の家にはそういうモノは何も入れないんだ」

だから、心配しないでおいで、と言われて、もう一度手を差し伸べられる。

どうしていいのかわからず、躊躇いながらも、冬雪はおずおずとその手を借りて車を降りる。

「雨宮さん、俺……」

「何か言いたそうだけど、ここで話すのも落ち着かないだろう？　ともかくいったん僕の部屋に行こう」

別の車が駐車場に入ってくるのに気づき、冬雪は更なる言葉を呑み込んだ。

これ以上彼を困らせるわけにはいかない。

雨宮は芸能人だ。話をするにしても、人に聞かれない部屋でしてから出ていくべきだろう。

そう決意した冬雪は頷き、歩き出した雨宮のあとについてエレベーターに乗り込んだ。彼は五階で降りて、通路を進む。

エレベーター内も内通路も、冬雪が以前借りていたアパートとは比べものにならないほどスタ

イリッシュな内装だ。泊まったことはないが、まるで高級ホテルのようだと思った。立地からも、賃貸物件なら桁違いの家賃だろうし、分譲ならどう考えても億は下らない物件だろう。居た堪れない気持ちでついていくと、一つの扉の前で足を止めた彼が鍵を開け、「どうぞ」と中に促してくれる。

全体的に白い壁紙と扉が覗く部屋の中に入る。玄関だけでもやけに天井が高くて広々としている。白で統一された空間の中、静かに扉が閉まると、雨宮はふうと息を吐いて、やっと冬雪の手を放し、ガラス張りの壁に背中を預けた。

「この部屋、その、君が言ってた『黒いもやもや』、全然いないだろ?」

「あ……」

言われてみれば、どこを見回しても、一匹も見当たらない。

それどころか、このマンションに着いてからは、エレベーターの中にも、駐車場にもいなかった。

「いません」と答えると、雨宮は言葉を選ぶようにしながら続けた。

「今日、君が病院からスタジオに戻ってきたあと、僕がいないときは、楽屋には三善がいた。彼は強力なお守りを持ってる。それからはずっと僕自身が君のそばにいたし、食事をした桔梗亭は優れた気の土地に立っているから、負の存在が入ってこられないんだ。このマンションもそう」

そう言って、彼はコン、と軽く手の甲で鏡を叩く。

「ここは、不動産のディベロッパーをやっている知り合いが『いい土地』に建てたいと言うから、場所の選定から方角、建てる時期も含めて、風水に必要なことを全部僕がアドバイスして建てたんだ。だから、自然と結界が張られているような状態で、悪いモノが極めて集まりにくい安全な場所になってる」

言葉を切り、雨宮はじっと冬雪を見つめた。

「どうして君が、あんなに大量の邪のモノたちに憑かれているのかは知らないけど、もしネットカフェ暮らしに戻ったとしたら、たとえ今日すぐにではなくとも、近日中には本当に死んじゃうと思うよ。君に憑いてるのって、個人的な恨みとかじゃ考えられないくらい……説明が難しいんだけど、僕がこれまでの人生で見てきた中で、一、二を争うくらい、やばい感じだから」

雨宮の言葉に、冬雪は戦慄した。

先ほど車の中で聞いたときと同じように、特に脅すわけでもない、冷静な口調だった。けれど、だからこそ、それが冗談などではなく、本気の言葉だということが伝わってくる。

「とりあえず、このマンションの中にいるか、もしくは僕のそばにいさえすれば、最低限命を取られることはない。だから、今後のことは明日、僕が帰ってきてから話すとして、ともかく今夜はうちに泊まりなよ」

「で、でも……」

「一人暮らしだし、使ってない部屋もある。本当に遠慮はいらないから」

まだ冬雪は頭の中が混乱している。

わかっているのは、彼の説明が事実であろうということだけだ。

「雨宮さんの言うことは、わかりました」

一瞬ホッとしかけた彼に、慌てて冬雪は続ける。

「でも、たとえ俺が間もなく死ぬ運命だったとしても、縁もゆかりもないあなたの手を煩わせたり、今日会ったばかりなのに、これ以上お世話になっていい理由にはならないと思うんです」

「……甘えるのが苦手なんだね」

困った顔で彼は腕組みをする。

去っても残っても、彼を困らせてしまう。それでも、どうしてもこの部屋に一晩やっかいになることには躊躇いがあった。うつむく冬雪に、雨宮が「そうか」と呟く。

身を屈めた彼に、ひょこっと顔を覗き込まれる。

「じゃあさ、僕のために、うちに泊まってくれない？」

「雨宮さんのため……？」

首を傾げると、そう、と彼は頷く。

「ここまで言っても、もし君が出ていっちゃったら、さすがに力ずくで引き留めることはできない。でも、どこかで君が悪霊に襲われてるかもと思うと、後味悪くて安眠できそうもないんだ。僕は明日も仕事があるから、遠くで何か起きてもすぐに助けに行ってあげられないだろう？　きっと、全然仕事に集中できない。だから、君が安全なこの部屋にいてくれるほうがずっと気持ちが楽だし、安心なんだよ」

ね？と言われて、冬雪はぐっと唇を噛んだ。

こんな言い方までして、この人は赤の他人である冬雪に、安全な場所を与えようとしてくれている。

なんていい人なのだろう。普通、今日会ったばかりの人間に対して、慈善心でそこまでできるものだろうか。

「どうして……俺なんかに、こんなに親切にしてくれるんですか……？」

思わず訊ねると、彼は一瞬かすかに目を丸くして、それから苦い顔で笑った。

「別に、親切なんかじゃないよ。最初は、君は遠からず死んじゃうんだろうなと思いながらも、可哀想だけどこれも運命だからって、とりあえず家に送るつもりでいたんだから」

それが普通だと冬雪は思う。

「でも……家がない、家族もいない、友達にも助けを求められないって聞いて、なんか、怒りが湧いたんだよね。多少の余裕がある奴なんていくらでもいるはずなのに、なんで誰も助けてやらないんだろうって」

その話をしたとき、雨宮がそんなことを考えていたとは知らなかった。驚きとともに見つめる冬雪の前で、ふと目を伏せて彼は続ける。

「僕も昔、進路で揉めて家を追い出されたことがあったんだけど、親戚が家に置いてくれたり、いろいろ力になって助けてくれた。若い頃は誰しもそういう人間が何人かはいて、救われた経験があるものだよ。だから、誰も君を助けてくれないなら、僕が今だけ親戚代わりになって手助けしたっていいんじゃないかな」

なぜか、少し照れたような顔で雨宮は言った。

「雨宮さん……」

彼の言葉に、冬雪は胸がいっぱいになった。

申し訳なさと安堵が込み上げてきて、じわじわと視界が潤んでいく。車の前に引きずり出されそうになったときですら動かなかった涙腺が、崩壊したように緩んだ。

――彼が、あまりに優しすぎるから。

「あれ、今頃怖さが蘇ってきちゃったの？　ほら、もう大丈夫だから、ね、泣かないでよ」

背中に腕が回ってきて、とんとんと優しく叩いてあやされる。

「……で、今夜はうちに泊まってくれるんだよね？」

にっこりして訊かれては、もうどうしようもない。

おずおずと頷くと、冬雪は慌ててごしごしと涙を拭く。

「すみません……一晩、お世話になります」と言って、深々と彼に頭を下げる。

良かった、と微笑んだ雨宮の顔は、神様のように後光が差して見えた。

＊

「アンッ！」

「こら、吠えちゃ駄目だろ。しー」

犬の可愛い鳴き声と、誰かの潜めた声が聞こえる。だが、寝心地のいいベッドと柔らかな毛布の感触が幸せすぎて、起きられない。

「……くん、六車くん？」

そっと呼びかけられて、冬雪はぼんやりと目を開ける。

眩しいほどの明るい日が差し込む室内は、見慣れない白い壁紙の部屋だ。

陽光を受けながらベッドサイドに座り、冬雪を覗き込んでいるのは、輝くばかりの美貌の男――雨宮耀だ、と思った次の瞬間、冬雪はがばりと体を起こす。

ぴょんとベッドの上に黒っぽい毛玉が飛び乗ってくる。愛らしいこのポメラニアンは、雨宮の愛犬のポメ吉だ。ポメ吉はモフモフの毛の中に埋もれたような真っ黒な目をきらきらさせて、冬雪に飛びかかってこようとする。

その前にさっと手を伸ばして雨宮がポメ吉を抱き上げ、すまなそうに言った。

「ごめんね、朝からびっくりさせちゃって。もう少し寝かせておいてあげたかったんだけど、そろそろ僕は出なきゃならないから、その前に一通り家のことを説明しておこうと思って」

寝ぼけ眼で呆然としている冬雪は、ようやく、自分が彼の家に一晩世話になったことを思い出す。

（夢じゃなかったんだ……！）

信じ難い気持ちで慌てて毛布から飛び出ると、ベッドの上に正座する。

「す、すみません、俺、うっかり熟睡しちゃって……！」

「謝らないでよ、よく眠れたんなら何よりだ」

「アンッ！」

ご機嫌で相槌を打つポメ吉に「こいつも同意だって」と言い、雨宮は苦笑している。微笑ましい一人と一匹のやりとりを見て、冬雪も緊張が解けて微笑んだ。

「コーヒー淹れてあるから、居間で話そう。これ、良かったら着替え」

「は、はい！」

急いでベッドから下りる冬雪に、部屋を出がてらポメ吉を抱いた彼が「まだ少し時間あるから、そんなに急がなくていいよ」と声をかけてくる。

冬雪の命を救ってくれた昨夜と同じように、雨宮は今朝もどこまでも優しくて穏やかだ。

昨夜、ここに連れてこられたあと、まずポメ吉に紹介され、それから風呂を使わせてもらった。

用意してくれた空き部屋のベッドで横になると、あっという間に眠気に襲われた。

生まれて初めて、冬雪は黒いもやもやにいっさい怯えずに眠った。わずかも苦しいことのない、穏やかで幸福な眠りだった。いつもなら四、五時間ほどで体が重苦しくなり、勝手に目が覚めるのに、今日は起こされるまで心地いい眠りの中にいたようだ。

すがすがしい目覚めに驚きつつも、用意してくれた服に着替えて急いで居間に行く。居間のソファでスマホを操作しながら待っていてくれた雨宮は、「ほんとによく眠れたみたいだね、すごくすっきりした顔してる」と言って笑顔になった。

それからちらりと冬雪の服を見て、彼は苦笑する。

「……僕の服、やっぱりちょっと大きかったね」

長身の彼との身長差はかなりあり、やはり大分サイズが違うようでぶかぶかだ。特にシャツの袖とチノパンの足の長さが余ってしまい、袖と裾を何回か折り曲げて着ている。だが、貸してもらえただけでありがたくて、文句など言いようもなかった。

彼と向かい合わせの位置に座ると、すぐその隣にポメ吉が飛び乗ってくる。

彼は冬雪に銀色に光る鍵と、それから真新しいスマホを渡してきた。

「これ、今日は部屋から出ないほうがいいとは思うけど、いちおう万が一に備えてこの部屋の鍵と、それから僕の使ってないスマホ。僕宛てにメッセージを送れるアプリ入れておいた。何かあったら僕もこれにかけるか、メッセージ送るから」

「あ、ありがとうございます」

こんな大切なものを預かっていいのかと戸惑いながらも、ないと確かに何かあったときに困るので、冬雪は躊躇いながら鍵とスマホを受け取った。

それから、朝食にできそうなパンや果物などはキッチンカウンターの上に置いてあり、冷蔵庫の中やストック棚にあるものもなんでも食べてもらって構わない、と言われる。出前を頼める店のチラシもダイニングテーブルの上に置いてあるそうだ。

「あと、欲しいものとか足りないものがあったら、帰りに買ってくるからスマホにメッセージ入れておいて。それと、ネットカフェに預けてる君の荷物は、三善に頼んで昼間のうちに届けてもらえるようにするよ。引換証みたいなものある？」

そう言われて冬雪は急いで部屋に戻り、財布を持ってきて、その中から引換証を出す。ネットカフェの名前と店名を言うと、「わかった、三善に伝えておくよ」と言われる。

「仕事の台本とか置いてるから、僕の部屋だけは入らないでもらえるとありがたいんだけど、そこ以外なら、この家の中はなんでも自由にしてくれて大丈夫だから。えっと……あと、他に何かあるかな？」

恐ろしいほど気が回る雨宮のおかげで、一人にされても困ることは何もなさそうだ。慌てて首を横に振り、じゅうぶんです、と言おうとして気づく。

「あ、あの……ポメ吉のごはんは何をあげたらいいんでしょう？」

冬雪が訊ねると、ソファの上で自分用らしい毛布をくんくんしているポメ吉を見て、ああ、というように雨宮が頷く。

昨夜、この部屋に入って初めて対面したときはとてつもなく吠えられて困り果てたが、今はもう落ち着いている。『ちょっと気難しくてなかなか他人には懐かないんだ。でもたぶん、君が僕の服に着替えたら大人しくなるから』と言われて、シャワーのあと恐れ多くも雨宮のパジャマを借りて着ると、仲間だと思ってくれたのか、態度が一気に軟化してホッとした。

「ええと、こいつはね……ドックフードとかは食べないんだよね。朝ごはんはまだやってないんだけど、パンでも果物でも人間と同じものを食べられるから。できたら君の食事を適当に小皿に分けてやってもらえるかな？」

犬を飼ったことがない冬雪は、人と同じ食べ物でいいという話に驚く。

普段、彼が仕事のときはどうしているのだろうと思って訊くと、いつもは一人でも留守番できるし、ロケなどで長期間不在のときは、近所に住んでいる馴染みのペットシッターに頼んでいるらしい。今日の世話は冬雪に頼んでいいかと言われて、二つ返事で請け合う。一宿の礼になるかもわからないけれど、気合を入れて世話をせねばと冬雪は張り切った。

「それから、ごめんね、疑うわけじゃないんだけど、いちおう身元の確認っていうか……免許証か保険証とか持ってたら見せてもらえる？　僕も免許証見せるから」

「あ、は、はい、保険証があります！」

すまなそうに訊かれたが、名前程度しか知らない冬雪をこうして自宅に入れ、一晩泊めてくれたほうが無防備なほどだ。

保険料をちゃんと払っていて良かったと思いながら、先ほど持ってきていた財布の中から、今度は健康保険証を出して渡す。

ありがとう、と言って彼がカードに視線を落とす。

「あれ」

ぽつりと言われ、不安になって「何かありましたか？」と訊くが、「いや、なんでもない。ありがとう」と雨宮は礼を言って返してくれる。そのあと、彼は尻ポケットから自分の財布を取り出した。

「はい、これ僕の免許証」

差し出されたカードは、冬雪が見る必要のないものだ。断ろうとしたが「でも、僕は身分証見せてもらったんだし、それじゃフェアじゃないだろ」と言い、そっと押しつけられる。

渡されてとっさに受け取ってしまった免許証には、今よりも少し髪の短い雨宮の写真が載っている。これはファンの身からすると、垂涎のプライベート写真なのではないかと気づくと、にわかに胸がどきどきするのを感じた。

礼儀として、見たものは全部忘れようと思いながら視線をそらしかけ、ふと疑問を覚える。

氏名の欄には『一条《いちじょう》院《いん》耀仁』と書かれている。不思議そうな冬雪の表情に気づいたらしく、彼が説明してくれた。

『雨宮耀』は芸名なんだ。公表してないから、仕事のときは三善にもこの名前で呼んでもらってるけど、そっちに書かれてるのが本名。名前の読みは『あきひと』」

「そうだったんですね」

だから、昨日の桔梗亭の人たちは、皆彼を耀仁と呼んでいたのかとようやく納得がいく。

「芸名はさ、事務所の人が勝手に決めたものだから未だにちょっと違和感があるんだよね。家にいるときまでその名前で呼ばれたくないんで、良かったら本名のほうで呼んでもらえる？」

「わかりました」と答え、呼び間違えないようにしなければと肝に銘じた。

ちらりと腕時計を見て、雨宮——耀仁が立ち上がる。

「三善が迎えに来るからそろそろ出なきゃ。雑誌の撮影のあと、昨日と同じスタジオでドラマの撮影だから、たぶん、何事もなければ夜の九時くらいまでには終わると思う。退屈だろうけど、まだなんの対策も練ってないし、僕が帰ってくるまで極力このマンションの建物からは出ないようにしてね」

「はい」と冬雪が素直に頷いたとき、ポメ吉が大あくびをする。冬雪も耀仁も笑顔になった。

「ポメ吉もまだ眠いって。昨日は大変だったんだから、君も朝ごはん食べたら少し寝直して、テレビでも見てゆっくりしなよ」

優しく言って、テレビもネットに繋がっているから、映画やドラマなども自由に見られることを説明される。冬雪は居間を出ていく彼のあとについていき、更にそのあとを追ってきた眠そうなポメ吉とともに玄関で見送った。

扉が閉まると、冬雪の胸に唐突に迷いが押し寄せた。のうのうと一晩世話になってしまったけど、やっぱり、これ以上彼に迷惑をかけないよう、昼間のうちにいなくなっておくべきではないか。

(……でも、荷物の引換証渡しちゃったし……それに、合鍵も預かっちゃったし、ポメ吉のお世話もあるし……)

そう考えたとき、「アンッ!」と何かを要求するように足元でポメ吉が鳴いた。

「……まずは、君のごはんからだね」

こちらを見上げている小型犬に向かって言うと、ポメ吉は『そうそう!』というように「アン、アンッ!」と可愛い声でまた鳴く。

思わず笑顔になり、しゃがんでポメ吉のモフモフの毛並みを撫でると、おいでと言って冬雪はキッチンに向かった。

*

ずいぶん遅くなってから玄関の扉が開く音がして、冬雪は急いで膝の上にいたポメ吉を抱いて立ち上がった。玄関まで行くと、帰ってきた耀仁がちょうど靴を脱いでいるところだった。

「お帰りなさい」

「ただいま、遅くなってごめん、撮り直しが重なって、予想外に撮影が長引いちゃって」

すでに時刻は夜の十一時近い。エキストラとしてしか参加したことはないけれど、撮影が終わらない状況は想像できる。冬雪は内心で主演の彼の大変さに深く同情した。

「遅くまでお疲れさまです」

「ありがと。でも、そのおかげで明日の出は少しゆっくりめになったから」

やれやれと言うように息を吐きながら彼が言う。冬雪の腕の中にいるポメ吉の頭を無造作に撫でながら「そうだ、昼間、三善が荷物を届けに来ただろ？」と思い出したように訊ねてきた。

「食事は美佳さんに頼んだって聞いたけど、弁当か何か届いた？」

「はい、お重箱に入ったすごく豪華なお弁当を持ってきてくれました」

「あれ、美佳さん本人が来たの？」

予想外のことだったのか、居間に向かいながら耀仁は目を丸くしている。

まず、午前中のうちに、耀仁から頼まれたという三善がやってきた。彼は、ネットカフェから引き出した荷物を、あれこれと詰めた差し入れの紙袋とともに届けに来てくれた。

そして、昼すぎには、昨日夕食をご馳走になった桔梗亭の若女将の美佳が、風呂敷包みの重箱を持って訪れた。

「遅くなってごめんなさい。お腹空きましたよね？」と言う彼女は、昨日とは違い洋服姿だった。和服のときとはがらりと印象が違うが、どちらの服もよく似合っていて品がいい。美佳が来ると は聞いておらず驚いたが、慌てて中に入ってもらおうとしても、「これから仕事なので」と彼女は上がろうとしなかった。

「うちは一条院家の分家なんですが、本家の耀仁さんのところとは祖母同士が親戚なので、彼が小さい頃からの付き合いなんです。私が母の店を継ぐために東京に出てきたあとも、ああやって時々顔を見せてくれているんですけれど、いつもは仕出しを頼まれるか一人で食べに来るかで、彼がうちの店にお友達を連れてきてくれたのは昨夜が初めてだったんですよ」

笑顔で話す美佳は本当に嬉しそうで、どうやら彼女は、いっさい知り合いを連れてこない耀仁を密かに心配していたようだ。見た目はとても若く見えるが、姉代わりのような口調から察するに、美佳は耀仁よりも年上らしい。「どうぞ耀仁さんと末永く仲良くしてあげてくださいね」と言いつつ深々と頭を下げられて、冬雪は慌てた。

おそらく冬雪が昨夜彼と一緒に店を訪れ、今日は家にまでいるから、仕事関係者なだけではなく、親しい友人だと誤解されてしまったのだろう。だが、実は友達でもなんでもなく、単なる一夜の居候なんですとはさすがに言い出せなかった。

礼を言い、美佳を見送ってから開けると、三段になった重箱の中には、彩りが鮮やかで美味しそうな和食のおかずと、食べやすい大きさに丸めた手毬寿司が綺麗に詰められていた。差し入れのいい匂いに興味津々で膝の上に乗ってきたポメ吉を撫でながら、冬雪は一つ一つのおかずを味わい、腹を満たした。

夜もいただいたけれど、どうやらかなりの余裕を見て作ってくれたようで、まだ三分の一ほど残っている。耀仁と一緒にキッチンに行き、抱いていたポメ吉を下ろしてから重箱の蓋を開けて見せると、「美味しそうだね」と彼は笑顔になった。

「美佳さんのところはまだ小さい子供が二人いるんだよね。だから、桔梗亭の料理人に頼んでもらうつもりだったんだけど、これはたぶん、彼女が自分で作ってくれたみたいだ」

「えっ、そうなんですか？」

店と子育てとで忙しい中、彼女がわざわざこんなに手の込んだ弁当を作った上、自ら届けてくれたことに驚く。バイト代が入ったら何か礼がしたいと思ったけれど、また会える機会はあるだろうか。

耀仁が少し食べようかなと言うので、冬雪は美佳が一緒に入れておいてくれた箸と紙の取り皿を用意する。一緒に食べないかと言われたけれど、申し訳ないことに冬雪はもう満腹だ。

茶を淹れるかと訊いてみると、「じゃあほうじ茶を二人分淹れてくれる？」と言われたので、電気ポットで湯を沸かす。教えてもらった戸棚から茶筒を取り出して丁寧に淹れ、二個のマグカップに注ぐ。その一つを、カウンターテーブルで食事をしている彼の前にそっと置いた。

「あの……」

「ん？」

「美佳さんが、耀仁さんからの伝言で『六車くんは遠慮して飲まず食わずでいそうだから、困らない程度に食事を届けてやってほしいと頼まれた』と言っていました」

それを聞いたとき、冬雪は驚いた。確かに、居候の身で冷蔵庫を開けたりキッチンを使ったりするのは躊躇われて、つい飲まず食わずで過ごしてしまいそうだったからだ。

優しい気遣いに礼を言うと、手毬寿司を頬張った耀仁が微笑んだ。

「頼んでおいて良かった。もしかしたら君がうちでお腹空かせてるかもと思うと、仕事中も気になってさ」

それから、三善が冬雪の荷物以外に、ペットボトル飲料の飲み物や茶菓子なども差し入れてくれたことを伝える。

「そこまでは気が回らなかったけど、さすがに気が利くな」と彼は笑っている。

改めて、三善への礼を伝えつつ、冬雪はふと悩んだ。

(それと一緒に……耀仁さんの、来週発売予定の写真集と、今週発売されたグラビアが載ってる雑誌も持ってきてくれたっていうのは、内緒にしておいたほうがいいよね……？)

三善は冬雪が雨宮耀の大ファンだと思い込んでいて、喜びそうなものを差し入れてくれたようだ。元々気になっていた俳優ではあったが、特に追いかけていたわけではなかったものの、昨日見せてもらった動画とありえないほど親切な本人の人柄を知り、冬雪はすっかり耀仁のファンになってしまった。今後まともに職を得て余裕ができたら、彼が出演したドラマや映画を全部見たいと考えているくらいだ。だから三善の差し入れも大喜びで受け取り、彼の気遣いに感謝していた。

そんなことを心の中で考えながら、足元にまとわりついてくるふわふわを屈んで撫でる。

「それと、ポメ吉にも、美佳さんのお弁当から犬が食べても問題ないものを調べて分けたら、残さず食べてくれました」

甘えて伸び上がってくるポメ吉をまた抱き上げると、耀仁が苦笑して手を伸ばす。わしわしとポメ吉の小さな頭を撫で、「ポメ吉も懐いてくれたみたいで良かった」と言う。

ポメ吉はご主人様に撫でられて嬉しいのか、ふるふると尻尾を振っている。

朝ごはんと昼のおやつ、そして夜ごはんをあげたおかげか、ポメ吉はあっという間に冬雪に馴染み、常にあとを追うようになって、今も腕の中で満足げだ。

「そうだ、荷物届いたんなら、あとで洗濯機の使い方を教えるよ。セットしておけば朝までには乾いてるから」と言ってもらえて、あまり着替えの数がない冬雪はホッとする。それとともに、申し訳なさも湧いた。

これからどうしたらいいのかと悩んでいたけれど、やはり、耀仁は冬雪を今晩もこのままこの部屋に置いてくれるつもりらしい。

彼が食べ終えると、促されて一緒にソファのほうに移動する。茶の入ったマグカップをテーブルに置き、並んで腰を下ろした二人の間には、冬雪の腕から下りたポメ吉がちょこんと伏せをした。

耀仁はポメ吉を撫でながら、ゆったりとソファの背もたれに身を預ける。

「日中、何か困ったこととかなかった？」

「いえ、いろいろ気遣ってもらったおかげで、のんびり過ごせました」

そう言うと、冬雪は姿勢を正して彼のほうに向き直った。

「……あの、俺、耀仁さんに言いたいことがあって」

彼が少し怪訝そうに首を傾げる。

「何？　今日はもう遅いし、まだ何も話せてない。今から出ていくとか言わないよね？」

躊躇いながら、冬雪はこくりと頷く。

「今出ていっても、きっと耀仁さんの言った通りになると思うので……」

やっと冬雪が現状を理解したとわかったらしく、良かった、と言って耀仁は口の端を上げる。

もし、彼がもっと早い時間に帰ってきていたら、話を済ませて今日中に出ていかなければと考えたかもしれない。だが、完全に日も落ちた今からこの守護された建物の外に出れば、昨夜の繰り返しだということは痛いくらいによくわかっている。

自分の気持ちを整理しながら、冬雪は意を決して口を開いた。

「俺……これまでずっと、あの黒いもやもやにまとわりつかれたり、危険なところに引きずり込まれそうになったりしてきて、それがごく普通のことだったんです。でも、今日一日、ああいうのが一匹もいない安全なところにいたら、驚くくらい体が軽くて、すごく穏やかな時間を過ごせて……きっと今日は、生まれてから一番幸せな日だったと思います」

今日一日を、冬雪は耀仁の部屋で、ポメ吉とともに過ごした。

特に何も起こらない平凡な一日で、だけれど、何にも襲われずに済み、怯えることなく過ごせた、最高の一日だった。

耀仁さんのおかげです、と言って礼を言い、冬雪は感謝の気持ちを込めてぺこりと頭を下げる。

茶を飲みかけていた耀仁が動きを止め、目を瞠る。

「……本当は今日みたいな日が普通なんだよ。僕は、ちょっと手を貸しただけだ。なんとかして、どこにいても毎日、そんなふうに過ごせるようにしてあげられたらいいんだけど……」

少し照れたように言ってから、なぜか慌てたみたいに冬雪から目をそらし、彼は茶を飲む。

昨日までは、必死で抗った末に、自分が邪のモノたちに呑み込まれて命を落としたとしても仕方のないことなのだという諦めがどこかにあった。自分の事情をすべて知っている人はいないし、誰かに迷惑をかけることもしたくはなかったからだ。

だが、この素晴らしい一日を過ごしたことで、初めて冬雪の中に欲が生まれていた。

悪霊をその身に寄せつけず、追い払う力を持つ耀仁が助かる方法を考えてくれるというのなら、なんだってする。どんな方法でもいいから、それに縋りたい。

──まだ死にたくない。

多くは望まない。慎ましく、平凡な人生でいいから、もう少し生きていたいと。

冬雪の様子が昨日とは違うことに気づいたのか、耀仁が小さく笑みを浮かべ、「よし」と言って身を起こす。

「じゃあ、まずは洗濯機の使い方を教えるよ。それから、邪のモノたちが集まってくるのは何が原因なのかを知るために、君のことをもう少し教えてもらいたい」

洗い物を持って、彼と一緒に洗面所に行く。昨日着ていた服を洗濯機に入れて、操作方法を教えてもらい、乾燥までのコースをセットした。居間に戻り、茶が冷めてしまったので淹れ直させてもらう。

もらいものだけど、という彼の家には、様々な種類の茶が揃っている。しかも、どの茶葉もなかなかいい値段がするものばかりだ。どれがいいか訊ねると、耀仁が「頭をすっきりさせたいから、緑茶がいいかな」と言うので、適温を思い出しながら淹れる。香ばしいいい香りがキッチンに満ちた。

揃いのマグカップをトレーに載せて運び、再びソファに座る。先ほどは間にいてくれたポメ吉は、もう眠くなったのか、自ら壁際に置かれた家型の大きなペット用ハウスに入り、もこもこの毛布に潜り込んだ。

温かい茶を飲みながら、冬雪は彼の質問に答えていく。あの黒いもやもやに取り憑かれたのはいつからなのか、理由に思い当たることはないのか。

「物心ついたとき……三歳くらいのときには、あの黒いもやもやたちは、もうそばにいたと思います……考えてみたんですが、理由はどうしてもわかりません」

正直に答えると、耀仁は難しい顔になって腕組みをした。

「じゃあ、もしかしたら君自身が理由じゃないのかも。ご両親のことや、育った環境を教えてくれる？」

両親に「悪魔が憑いている」と言われて捨てられ、施設で育った経緯などは、できれば彼に知られたくはなかった。けれど、今更恥じて隠したところで仕方がない。黒いもやもやたちに執着され、命を狙われているこの現状を打開するために必要なことなのだからと、正直に、自分が知る限りの生い立ちを打ち明ける。

耀仁は次第に険しい表情になる。さすがに前世が黒いもやもやのうちの一匹だった夢を見るという話まではできなかったが、それ以外はすべてを話した。

憑いているモノたちが不幸を呼ぶのか、自分が働く店が次々閉店や倒産に追い込まれたこと、何度も死にかけたことなど、冬雪が一通りこれまでのことを話し終えると、彼はいつしか額に手を当ててうつむいてしまった。

「あの……耀仁さん……？」

決して聞いて楽しい話ではない。嫌な気分にさせてしまっただろうかと狼狽えると、耀仁はしばらくしてから息を吐き、顔を上げた。

複雑な表情で冬雪に目を向け、じっと見てから、手を伸ばしてくしゃくしゃと頭を撫でた。

「ずいぶん大変な思いをしてきたのに、よくこんな素直ないい子に育ったね」

しみじみと言われて、思わず目を瞬かせる。

冬雪の表情を見て、耀仁は「あ、ごめん、馴れ馴れしかったかな」と言ってすぐに手を離す。馴れ馴れしいなんて少しも思わない。むしろ冬雪は嬉しかった。その行動と言葉が、彼の本心からのものだということが伝わってきたからだ。

耀仁はまっすぐに冬雪を見て言った。

「昨日までは、君は僕の助けを頑なに拒んでた。そういう人を救うのは困難だから、助けるのは無理かもしれないと諦め交じりだったけど……君が救われたいと思うなら、きっと方法はあるはずだ。僕もできる限り力を貸すよ」

「ありがとうございます……！」

冬雪は思わず胸の前で手を組む。

特別な守護を持つ彼が、力を貸してくれる。これ以上ないくらい心強い言葉だった。

その日は二時間ほど、日付が変わってしばらく経つまで、冬雪は居間で耀仁と話し込んだ。

彼の実家である一条院家は京都にあるという。父親は亡くなっているが、祖父が本家の当主を務め、すべてを取り仕切っているそうだ。最高位の神主である祖父は、現役の陰陽師でもあり、所以のある企業や団体の相談役となって、今も様々な儀式や占術を執り行っているらしい。実家の神社の名前を聞くと、京都に行ったことはない冬雪ですら耳にした覚えのあるかなり有名な神社で驚いた。

「身内びいきを差し引いても、僕が知る限り、祖父は今一番力を持つ術者だろう。これまで相当困難な呪術や因縁も解いてきた人なんだ。悔しいけど祖父が祓ってくれたら、おそらく君の呪いも根本から消すことができるんじゃないかと思う」

（耀仁さんのお祖父さんに……）

「お願いできるんでしょうか……？」

「うん、本当ならその祖父に頼めれば一番いいんだけど……昨日も言ったと思うけど、僕はもう実家とほぼ縁を切ってる。祖父ともかなり不仲でね。僕が頼むと、断られるか、すごい値段をふっかけられるかのどちらかで、結局、散々渋った挙げ句に受けてくれない可能性が高いんだよ」

耀仁は苦々しい顔で言う。

「だから、とりあえずは他の方法を考えてる。系列にある他の神社を継いだ叔祖父《おおおじ》がまだ健在なんだ。祈祷の打診をして、それまでの間、何か君が日常生活をまともに送れるような方法を知らないかも、彼に訊いてみようと思ってる」

彼の叔祖父もまた陰陽師で、能力的には祖父に及ばないまでも、かなりの修行を積んだ人らしい。人柄は祖父とはまったく違い、温和で優しい性格の持ち主だという。彼ならきっと助けてくれるから、と言われて、冬雪の中に希望が湧いた。

「あ、叔祖父はね、マネージャーの三善の祖父なんだ」

「え……じゃあ、三善さんは、耀仁さんと……」

「うん、あいつも遠縁」祖父同士が兄弟だから、はとこだね、と教えられて、桔梗亭の若女将だけでなく、三善も耀仁と親戚なのかと冬雪は驚く。

もちろん、偶然血縁者が芸能事務所にいたわけではなく、大学卒業後、耀仁が家業を継がずに俳優の仕事を続けると決めてから、三善は上京してきたそうだ。彼が所属している事務所に社員として就職し、それ以来ずっと耀仁のサポートをしてくれているのだという。

「まったく、信じられないよね。三善は一族の中でも抜きんでて賢くて、超難関大学に入ってバイオ関係の研究者を目指していたっていうのに、祖父の命令であっさり子供の頃からの夢を諦めて、僕のマネージャーになっちゃったんだから」

やれやれといった表情で彼は言う。どうやら、一族の長である祖父の命令は抗えないほど強いものらしい。

「変な一族だろ？　祖父も叔祖父も、それから三善も、何よりも家と家業を重んじてる。実家のことは表に出してないんだけど、何かちょっとでも家の名に傷がつきそうなことがあると、すぐに祖父から怒りの手紙が届くんだ。三善は優秀だからついてくれて助かってはいるけど、いい話より悪い話がすぐに祖父の元に行っちゃうから困りものだよ」

「そうなんですか……」

話を聞く感じでは、三善は彼のマネージャーをするためにに来たというより、当主の孫のお目付け役のような存在に思える。

「そんなスパイの真似事みたいなことをするくらいなら、地元で研究者をやってたほうがずっと世の中のためになったのにね」

話を聞きながら、名家の内側は、身寄りのない冬雪には想像もつかないほど複雑のようだと思う。

耀仁によると、一条院家では、霊に関わる案件は、たとえ身内間であってもまず手紙で依頼するようにという定めがあるのだという。

「もしかしたら、関東にも確実に悪霊を祓えるような術者がいるのかもしれないけど、残念ながら僕はもういっさい家業に関わっていないから、情報を持っていない。今日、三善にも訊いてみたけど、彼も近県では身内より有能な術者を知らないみたいだ。霊や恨み、呪詛や呪術に関わることに本当の実力のない者が手を出したら、下手を打てば逆効果になるし、最悪の事態になる可能性もある。だから安全を期して、時間がかかっても能力に信頼が置ける身内に頼みたいと思ってるんだけど」

冬雪も、耀仁が信頼できる相手が受けてくれるなら安心だ。

「わかりました、俺もそうしてもらえたらと思います」と答えると、彼は少し安堵したように口の端を上げた。

「叔祖父には六車くんの状況を説明する手紙を送っておくよ。前にちょっと頼みごとをしたときは、返事が来るまで一週間くらいかかったかな……、依頼が多いみたいだから、少し時間をもらえる？」と言われて、冬雪はこくこくと頷く。何か救われるような方法を教えてもらえるかもしれないと思うだけでも、ありがたさでいっぱいだ。

ふいに、耀仁が眉を顰めた。

「ただ、やっかいなのは、叔祖父に手紙を送ると、おそらく、いや確実に祖父にも連絡が行くことかな。邪魔をされないといいんだけど……」

どうも、彼の祖父は一癖も二癖もある人物のようだ。

なんの伝手もない冬雪は、話のわかりそうな叔祖父が祈祷の依頼を受けてくれるようにと祈るしかない。

話が長くなったので、冬雪は冷めてしまった茶を淹れ直そうかと申し出た。ほうじ茶がいいと言われて、ポットの湯を沸かし直す。

(もうこんな時間……)

茶を運びながら時計を見ると、もう日付は変わっている。仕事を終えて帰宅した耀仁の時間をこんなに長く取ってしまい、心苦しい気持ちになる。

マグカップを渡しながら、「遅くまですみません」と謝ると彼は首を横に振った。

「疲れてないから謝らないでよ。遠慮する六車くんを無理に引き留めて、全面的に手を貸すって決めたのは僕のほうなんだからさ」

茶を一口飲むと、彼は息を吐き、「人に淹れてもらったお茶って、なんでか自分で淹れるのの何倍も美味しいよね」と言ってくれる。耀仁の優しさに、冬雪は泣きそうになった。

温かいほうじ茶を飲みながら、これからのことを話す。

「ともかく、叔祖父から返事が来て、祈祷が無事に済むまでの間は気を抜けない。このマンションの建物内は安全だから、日中であっても外にはできる限り出ないほうがいいよ」

そう言われて、冬雪は固まる。

そうなると、返事が来るまで彼の部屋に世話にならなくてはいけない。一晩ならともかく、そんなに何日も居候をするわけにはいかないのにと冬雪は不安になった。

彼が言っていた、三善が持っている強力なお守り、というのが気にかかって訊いてみると、

「ああ、ごめん。あれは人を守護するものじゃなくて、本人の潜在的な力を引き出すものなんだ」とすまなそうに耀仁は言った。一族の血を引く者ながら、三善は陰陽師になる能力には恵まれなかったらしい。だが、そのお守りを持つことで、守護の力を底上げし、最低限、霊に取り憑かれたり取り込まれたりせずに済むそうだ。

つまり、なんの力もない一般人の冬雪が持ったところで役には立たないものらしい。

「あの……これまでは、日の出ている時間なら、大きな黒いもやもやに寄ってこられても、どうにか逃げられることが多かったんですけど……」

何か霊を回避できる方法が見つかれば、早急に新しいバイトを見つけたいと思っていた冬雪は、おずおずと言ってみる。

養護施設では集団生活、卒園後は古くてもともかく日当たりのいい部屋を借り、ネットカフェ暮らしになってからは、夜は煌々と明るいコンビニで働き、昼間に眠るようにしていた。

コンビニの夜バイトさえ見つけられれば、耀仁の世話にならなくても、またこれまでのようになんとか黒いもやもやたちを追い払いつつやり過ごせるのではないか。

しかし、冬雪の考えを聞いた彼は、その案にいい顔をしなかった。

「うーん。それはたぶん運が良かっただけじゃないかな……何がきっかけなのかわからないけど、六車くんがこのまま普通に暮らすなんて無理だと思う」

「無理、ですか……？」

驚くと、耀仁は撮影スタジオで遠目に冬雪を見たときのことを話してくれた。

「あんまり怖がらせるのは良くないかなと思って言わなかったけど……僕がスタジオに入ったとき、六車くんは近辺の悪霊を全部引き寄せたのかなってていうくらいに膨大な数の悪霊に取り囲まれてた。あれほどのものに憑かれてて、正直、まだ生きてるのが不思議なくらいだったんだよ」

それを聞いて、冬雪は無意識に背筋が冷たくなった。

「あのスタジオ、風水的に立地も建てた方角も良くなくて、しかも何人か事故や自殺で亡くなったスタッフがいるから、かなり気が淀んでるんだよね。当然行きたい場所じゃないけど、仕事だから行かなきゃならないし。僕も、あそこではそういうものを見ないように、意識的に感覚を閉じてる。それでも、君に憑いてるのは無視できないくらいの強い念だった」

あの日の記憶が蘇り、恐怖に身を強張らせる冬雪の前で、耀仁は淡々と話す。

「君が僕のほうに引き寄せられたから、悪霊は消せたけど、もし、あれが僕が出ない撮影の日だったら、おそらくだけど……あの場で君は連れていかれてただろうね」

そういった場合に亡くなった者を検視すると、だいたい心臓発作や心筋梗塞などといった診断がつくらしい。恐怖で心臓が止まる、もしくは苦しさのあまり呼吸ができなくなる、ということなのかもしれない。どちらにしても、冬雪としては少しも笑えない話だ。

ふと思いついたように、彼が冬雪の顔を覗き込む。少し薄い色の綺麗な目でじっと見つめられて、どきっとした。

「あのさ。もしかして、外に出ても大丈夫になるまでの間、ここに引き籠もってることに罪悪感を抱いてる？」

「そ、そういうわけじゃないんですが、無職のままではいられないから、できればバイトしたくて……」

「ああー……」

美しい顔をくしゃりと歪めると「そういうのは、今は考えないでいい」と彼は言い切った。

いったん立ち上がり、キッチンカウンターの椅子にかけたジャケットのポケットから何かを取り出すと、ずいと冬雪の膝の上に置く。見ると、銀行のロゴの入った封筒だ。

「それ、普通に暮らせるようになるまでの君の生活費だから」

ここにいて食費等がかからなくとも、稼げない間の社会保険料やスマホ使用料の支払いなどが必要だろうと耀仁は言う。もちろん、一人で外に出ては危険だから、自分も一緒に行けるときに済ませるか、もしくは頼んでくれれば三善にやらせるから、と。

「だ……、駄目です、こんなの……受け取れませんっ」

驚愕するほど太っ腹な耀仁の行動に、冬雪は愕然とした。ぜったいにこれはもらえないと、慌てて封筒を返そうとする。彼は困り顔になったあと、ふと表情を緩めて提案した。

「あ、じゃあさ、うちでポメ吉のペットシッターとして働いて。これはその給料、前払いってことで」

「でも、ポメ吉はほとんど世話がかからないですし、ごはんをあげたり構ったりするのは楽しいくらいです。ちゃんとした資格もないのに、それでお金をもらうなんて……」

封筒にはかなりの厚みがある。いや、金額の問題ではなく、たとえ千円であっても受け取れるほどの仕事などしていない。

ふーっとため息を吐くと、耀仁はふいに真顔になった。

「僕さ……いちおう芸能人だろ？　おかげさまで仕事が途切れなくて、今はまあまあ稼がせてもらえてるんだよね」

CMやドラマに出ずっぱりの彼の活躍ぶりを思い返して、それはそうだろうなと冬雪は頷く。

「あと、大学時代からずっと株と不動産投資をしてるんだけど、なんて言ったらいいのか、将来的に上がる銘柄を見つけるのが得意なんだ。だから今は、買ったものが軒並み倍々くらいに値上がりしてるんだよ。それと、このマンションは、建築時にいろいろ協力したら一部屋提供してもらえたから、実質ただで手に入ったも同然なんだ」

冬雪は思わずぽかんとする。神様に愛されているとは彼のような人間を言うのかもしれない、としみじみと納得した。

「こういう話をすると、信じてもらえないか、無駄に妬まれるかだから誰にも言ったことはないんだけど。これまでは、金銭面においては追い風が吹くような人生で、本当に恵まれてきたと思う。目的があるから貯金するばかりで、節税目的で一部を寄付する以外には特に社会貢献とかはさっぱり意識してこなかった。だからこれは、必要以上に受け取ってきた分も、せめてもの人助けってことで」

ね?と宥めるように言われて、冬雪は困惑する。

確かに、これからどれだけの間働けないかわからない。

外で働こうとしたら命がけになる上、黒いもやもやたちから逃れられないうちは、自分は関わる人々や店にも多大なる不幸を呼び込んでしまうのだから。

それでもまだ悩んでいると、ふと彼が「あれ、見て」と言った。

目を向けると、居間の壁際には、シンプルなリビングボードの上に大きな薄型テレビが置かれている。その隣には、一般的な仏壇とは少々違う、立派な白木作りの祭壇らしきものが据えられていた。棚は二段になっていて、上部は神棚に札が飾られ、下部にも何か別のものが祀られているように見える。どちらの棚にも脚付きの台の上に水の入れ物やお供え物が置かれている。

だが、彼が指したのはそのすぐそばにある別の棚だった。そこには、狼のような立ち耳をした大型犬と耀仁が一緒に写った写真が飾られている。かなり大きい。犬種はジャーマンシェパードだろうか。

「あの写真の子は、僕が子供の頃から飼ってて、実家から連れてきた犬。翔竜《しょうりゅう》っていって……実は、つい一週間前に亡くなったばかりなんだ」

「そうだったんですか……」

最初に部屋に通されたとき、居間にある犬用のハウスはかなり大きく、小型犬のポメ吉には不必要なほどのサイズなのが不思議だった。今朝、彼が出かけてから、棚に写真とお供え物が置かれているのに気づいたので、やっと納得がいった。やはり、もう一頭の犬がいたのだ。

ふと、ハウスの中にいるポメ吉がグウ……と唸っている声が聞こえた。夢でも見て寝ぼけているのだろうか。

写真の中で舌を見せている犬は、いかにも賢そうな顔立ちをしている。きっと、とても可愛がっていたのだろう。写真のそばには大型犬用のハーネスとリードがそっと置かれていた。

「両親はいなくて、一番近い身内のはずの祖父とはうまくいってなかったから、僕にとってはいつが唯一の家族のような存在だった。もう高齢だったんだけど、弱ってきてもなかなか仕事は休めなくてね……ここ半年ほどは、かかりつけの獣医師や近所のペットシッターに本当に助けられた。皆、翔竜にとても良くしてくれたよ」

懐かしいものを見るような目で写真を眺めながら言うと、耀仁は冬雪に目を向けた。

「もちろん、できるお礼はしたんだけど、それだけじゃ、まだ足りない気がしてたんだよね。だから、翔竜にずっとついていてやれなかったときに皆から受けた親切を、これから周囲の人たちに返していきたいなって気持ちになってたところへ——ちょうど、君が現れたってわけ」

彼は少し照れたように笑う。

「だから、遠慮なんかせずに受け取ってくれたら嬉しい」

冬雪は泣きそうな気持ちで頷くしかなかった。

どん底の自分が情けなかったが、また耀仁の厚意に救われてしまった。

もう一度封筒を手渡されて、拒むことはできずに素直に受け取り、深く頭を下げて礼を言う。

「先々、仕事を見つけたら、必ず全額お返ししますから」

「何言ってるの、ペットシッター代だって言ってるだろ？　返さなくていいよ」

笑顔で言ってくれる耀仁の優しさが胸に沁みた。損得なしどころか、彼には一方的に親切にしてもらうばかりだ。冬雪はこれまでの人生で、彼のような人に出会ったことがなかった。

せめて、少しでも彼の役に立てるよう、心を込めてポメ吉の世話をしよう。

そして、一日も早く祈祷を受けて、彼の部屋を出て暮らせるようにしなくては。

これから先、彼に、助けて良かったと思ってもらえるような生き方をしたい、と冬雪は心から思った。

*

朝起きて身支度をすると、冬雪はまずポメ吉とともにキッチンに行き、コーヒーメーカーをセットする。

自動で豆を挽き始め、コーヒーのいい香りが漂い始める中、次に、居間の窓際に行き、天国にいる翔竜のために、新鮮な水と新しいドックフードをお供えする。

それからキッチンに戻り、朝食作りを始める。とはいっても、耀仁は朝は軽めがいいようなので簡単なものだけだ。フルーツを切り、ヨーグルトに載せ、プレーンオムレツを焼く準備をしてから、パンをトースターにセットする。

その足元をポメ吉がうろうろしているので、踏まないように気をつけながら冬雪はくるくると立ち働く。

「耀仁さんが起きてきたら、ポメ吉も一緒にごはんにしような」

「アンッ！」

笑っているような顔で舌を出し、ふるふると元気よく揺れる尻尾に微笑んだとき、かすかにドアが開く音がした。

「おはよう、六車くん」

大喜びで駆けよるポメ吉をあやすパジャマ姿の耀仁は、まだかなり眠そうだ。

おはようございます、と返すと、彼はまず神棚に向かい、手を合わせている。

いったん部屋に戻った耀仁が身支度をして居間に戻ってくる頃には、ちょうど朝食が完成している。クリーマーで泡立てたカフェラテをそれぞれのトレーに置くと、冬雪は耀仁と並んで座り、キッチンカウンターのテーブルで一緒に朝食をとった。

足元では、ポメ吉も犬用に作った味付けなしの卵料理を尻尾を振り振りしながらがっついている。

「あー……このオムレツ、最高にふわふわ」

すごく美味いよ、と冬雪が作った料理を、彼は手放しで褒めてくれる。急いで作ったにしてはうまくできた気がしていたので、冬雪は嬉しい気持ちで礼を言った。

起きたての彼は少しぼんやりしている。食べながらぼそぼそと話す様子は、人気俳優である画面越しの雨宮耀とは違う完全な素の姿で、微笑ましく思える。

朝食を綺麗に食べ終わると、彼は少しポメ吉を撫でたり、ブラッシングをしたりして構う。

夕飯は何か食べたいものがあるかと訊くと、あっさりした肉料理がいいというリクエストをもらう。了解してあれこれメニューを考えながら、冬雪は今日も仕事に出かけていく彼をポメ吉とともに見送った。


エキストラのバイト中に大失態をしでかした冬雪が、紆余曲折の末に、人気俳優『雨宮耀』の自宅に世話になり始めてから、五日。

最初の日は、物心ついてから初めての黒いもやもやのいない幸福を味わい、そして翌日から、冬雪はポメ吉の世話と料理に情熱を燃やした。

アパートで暮らしていたときは、コンロは一口しかなくて、シンクも狭くて使い辛かったが、自炊できるだけで嬉しくて不満はなかった。

けれど、この部屋に置いてもらい、キッチンを好きに使っていいよと言われたとき、冬雪は感激のあまり震えた。

忙しくてほぼ自炊はしないという彼の部屋のキッチンは、冬雪にとって、憧れていた天国のような場所だったからだ。

シンクも作業台も広い上に、三口コンロにグリル、スチームオーブンレンジと、じっくり料理ができる環境が整っている。

極力部屋から出ないように、と言われているので、買い物には行けない。

だが、マンションから車で五分ほどのところには地元のスーパーが、更に先には高級スーパーもあるそうで、どちらも借り物のスマホからネット注文できるように耀仁が設定してくれて、ありがたいことに翌日には宅配してもらえる。「食費は別で出すよ」と言われて恐縮し、主に安いほうのスーパーを利用すると決めた。

そうして、世話になって三日目の夜、帰宅した耀仁は、冬雪が作った料理に目を丸くした。

帰りが遅い彼が食べてくれるかわからなかったので、セールになっていたぶりあらの煮つけに大根の味噌汁、白菜の浅漬け、白米という、ごくごく普通のメニューだ。

「え……これ、君が作ったの？」と訊かれ、慌ててはいと頷く。食べると言ってくれたので温め直して出す。冬雪にはご馳走でも、彼にとっては質素なメニューだっただろうに、耀仁はすごく美味しいと驚いて、冬雪の料理の腕を褒め称えた上、すべての皿を綺麗に平らげてくれた。

雇ったのはペットシッターとしてだから、ハウスキーパーみたいなことは無理にしなくていいんだよと言われたけれど、ちっとも無理はしていない。

ポメ吉の世話以外しなくていいとなると、本当にやることがない。彼の部屋は元々片付いているし、時間でセットされたロボット型掃除機が拭き掃除までしてくれるので、冬雪にできるのはロボット型掃除機にはできない埃取りや窓拭きくらいのものなのだ。

「俺、料理をするのが好きなんです」と伝え、これまでもずっと自炊したかったことや、住むところを失ったおかげで半年もキッチンに立つことができなかったので、無性に何か作りたい気持ちでいることを説明すると、やっと彼も納得してくれた。

「こんなに料理上手で、しかも作るのが好きなのに、コンビニで働いてたなんてもったいない……あ、そうか。働いてた店が潰れちゃったんだっけ」

申し訳なさそうに言われて、冬雪は苦笑いを浮かべるしかない。

義務で作っているわけではないと知ってからは、耀仁も撮影現場の弁当やケータリングを食べず、極力夕食を自宅でとってくれるようになった。しかも、時々は「これ作れる？」「あれが食べたい」と、メニューをリクエストしてくれたりもするので、作り甲斐があって冬雪は張り切った。

そして今では、冬雪はポメ吉の食事とともに、耀仁の朝食と夕食も作らせてもらっている。

今日も、あとは温め直すだけというところまで食事の準備を済ませると、夕方から耀仁の帰宅まではポメ吉を膝に乗せて、冬雪はテレビにかじりついた。

先日訪れた三善から、耀仁が少し前に主演した恋愛ドラマがネット配信で見られることを教えてもらったのだ。

耀仁は余命短い恋人を支える研修医の役で、今季もっとも泣けるドラマだと世間の話題を攫ったことはまだ記憶に新しい。確かこの役で、彼は何か演技の賞も取ったはずだ。一話見たら冬雪はすっかりはまってしまい、一気見するのはもったいなくて、毎日少しずつ見進めている。

顔が抜群に美しい上に長身でスタイルもいい耀仁は、白衣姿が本当によく似合う。毎日生身の本人に会ってはいるけれど、それとは別で、ドラマの中での彼の甘い言葉や笑顔に、恥ずかしいくらいに胸がどきどきする。改めて、人気俳優である『雨宮耀』の魅力にどっぷりと浸った。

(こんなお医者さんがいたら、ファンになっちゃう患者さんが続出だよね……)

冬雪はそう思いながら、治療計画に悩みつつも心を尽くす誠実な若き研修医と、ヒロインとの恋を、涙を堪え、ポメ吉を抱き締めながら見守った。

まだ彼の出演作で見たいものはたくさんある。デビュー作の特撮ヒーロー物は革の甲冑のようなコスチュームでのアクションが決まっていて、主婦層に大人気だったそうだ。その後に出た社会派映画では、脇役ながら光る演技で注目を集めたそうで、恋愛物の次はその二作を見ようと今からチェックしている。三善情報によると、彼は各種メーカーのＣＭに出演中らしいのでそれらも気になるが、正直、すべてを追い切れないほど耀仁は幅広く活躍している。

以前、ドキュメンタリーを見た感想を伝えたときに気まずい雰囲気になってしまったので、冬雪が毎日彼のドラマに熱中していることは、耀仁自身には内緒にしている。残念ながらエキストラとして参加できなかった『不死蝶の唄』もこの冬にはオンエアの予定だ。これまでの役とも、本人の誠実な性格ともがらりとイメージの違う詐欺師役を演じる彼を想像すると、それもまた楽しみでたまらない。

毎日、広くて設備が整ったキッチンを独り占めできる上に、ポメ吉の世話以外は何時間でも料理をしていられる。することがなくなれば、耀仁の出演作にはまだまだ見られるものがたくさんある。

祈祷してもらえて、黒いもやもやたちに追われずに済むようになれば嬉しい。けれど、そううまくはいかず、無理な場合もあるかもしれないと覚悟はしている。

そう考えると、こんな平穏で幸福な時間を過ごせるのは、もう自分の人生では最後かもしれない。

（耀仁さんには、礼をしてもしきれないな……）

もし、本当に邪のモノたちから解放されることができたら、ちゃんとした職に就き、耀仁が出してくれた生活費を必ず全額返そう。そして、せめて二口コンロのキッチンがついたアパートを借りて、たまに好きな料理をしつつ、ひっそりと生きていけたらそれだけでいい。

何にも襲われることのない、束の間の夢のような暮らしの中で、冬雪は大好きな料理と夢中になれるドラマにひたすら没頭していた。

耀仁の叔祖父からの返事を待つ間には、意外な来客もあった。

冬雪が彼の部屋に置いてもらってから一週間目の夜、「ごめん、ちょっと客を連れて帰ってもいいかな」と耀仁から電話が来た。時間は午後十時で、おそらく仕事が終わったところなのだろう。

「もちろんです」と答えたが、なぜか耀仁のほうはあまり気乗りしない相手のようだ。やけに暗い声で「遅くに悪いね、すぐに帰らせるから」とまで言われる。けれど、ここは彼の部屋なのだから冬雪に気を遣う必要などいっさいないのに。

茶の用意をしたほうがいいか、それとも邪魔にならないように自室に籠もっていたほうがいいだろうかと訊ねると、「どっちもしなくていいよ、いつも通りにしてて大丈夫だから」と言われて、むしろ戸惑った。

いったい誰が来るのだろうと緊張しながら、念のためポットの湯と茶の用意をしつつ、ポメ吉を抱いて待つ。すると、耀仁に連れられてきたのは、本当に意外な人物だった。

「あーほんとにいた！　こんばんは、俺のこと覚えてるぅ？」

出迎えた冬雪は、立ったまま固まった。

覚えていないわけがない。満面に笑みを浮かべて玄関を入ってきたのは、俳優の近衛政真だったのだ。

「こ、こんばんは……そ、その節は、近衛さんにも大変ご迷惑をおかけしまして」

慌てて頭を下げる冬雪に、「いーよいーよ、元気そうで安心したよ。最後に顔見たとき、大丈夫だって言ってたけどなんか青い顔してたからさ、どうしたかなって気になってたんだよねぇ」と言って、彼は朗らかに言う。

近衛はにこにこしている。あの日も、撮影を止めさせた冬雪に怒らずに優しく声をかけてくれて、感謝しかない。感激していると、見舞いだと菓子折りらしき綺麗な箱が入った紙袋を手渡されて、あわあわと恐縮しながら礼を言って受け取った。

「ほら、もう六車くんが元気なとこも確認できたし、用は済んだだろ。明日も仕事だし、さっさと帰れよ」

耀仁は珍しくぞんざいな口調で近衛を急かす。

「ええーっ、お前さー、マジでコーヒーも出してくれない気かよ?」

近衛はぶつぶつ言い、ふと冬雪に顔を寄せて囁いた。

「ねえねえ、雨宮がさあ、君のこと『強引に引き留めて部屋にいてもらってる』って言ってたんだけど、ほんと?」

冬雪は面食らった。

「え……、えと、いいえ、そんなことは……」

事実関係だけを言えば、確かにそうかもしれない。けれど、真の事情としては、冬雪が邪のモノに襲われないようにと、耀仁が居候を勧めてくれただけだ。

その言い方では、まるで彼が冬雪に気があり、二人が恋愛関係にあるように聞こえてしまう。

誤解を解きたかったが、口下手な冬雪は言えば言うほどしどろもどろになってしまう。うまく説明できずにいるうち、耀仁が冬雪の肩に腕を回してぐいと引き寄せた。

「さっきそう言っただろ？　わざわざ確認する必要もない」

冷ややかに言う耀仁に、近衛が愉快そうに笑ってまじまじと冬雪の顔を見た。

「へええ……、ねえ六車くん。この男さ、いちおう『好きな男性俳優ランキング』今年で二冠を達成してるし、この間、日本映画大賞で主演男優賞に輝いた超人気俳優なんだけど。こいつの誘いを拒もうとしたの？　まず断る子いないと思うよ」

（それはそうだよね……）

恋愛関係にあって部屋に誘われたわけではないとはいえ、『雨宮耀の自宅に招かれた』となれば驚喜するのが普通で、確かに断る者はいないだろう。

だが、冬雪のように特殊な憑き物体質で、深く関われば、いっそう彼に迷惑をかけることが分かりきっているとなれば、話は別だ。

「ほんとに雨宮のほうがベタ惚れなんだ？」

そんな事情を知らない近衛は、すっかり耀仁と冬雪の関係を誤解してしまっている。

「いやあ～～、びっくり。なんか俺、六車くんにすごい興味が湧いちゃったよ」となぜかやけにご機嫌だ。おろおろする冬雪をよそに、耀仁は仏頂面で近衛を睨みつける。

「近衛、本当にもう帰れ」

「えー、お前ほんと冷たいなあ。せっかく来たんだから、酒とは言わないけどせめてお茶くらい出せよ。六車くんとの馴れ初めとか詳しく聞きたい。いーじゃん、俺ら友達だろ？」

冷ややかな命令に馴れ馴れしく返され、肩に手をかけられるに至っては、耀仁も我慢の限界がきたらしい。ぐいと近衛の腕を押し返して耀仁は言う。

「誰が友達だ。今すぐ帰らないなら、次に何かお前に憑いたとしても、僕はぜったいに手を貸さないぞ」

（何か……って……？）

冬雪が言葉の意味を考えていると、氷のような耀仁の脅しに、近衛が表情を変えた。

「あっ、それは困るな！　じゃあ俺そろそろ帰るよ。雨宮、また現場で——六車くん、またねー」

そう言い置くと、近衛はそそくさと帰っていく。右腕にポメ吉、左手に差し入れの菓子折りの袋を持った冬雪は、呆然として閉まった扉を見つめた。

やけに疲れ切った様子の耀仁からあとで聞いたところによると、その日の休憩中に、近衛がふと『そういえば、先週倒れたあの子元気かな』と言い出したのだそうだ。

冬雪のことだとわかっても、耀仁は何も言うつもりはなかったのだが、近衛が「きっと気まずくてエキストラにはもう来られないよな」「せっかく可愛い顔してたのに」「山中さんなら連絡先知ってるかなあ」と言い続け、本当にそのまま聞きに行きそうだったので、やむなく引き留め、元気にしていることを教えたそうだ。

するとなぜ知ってるんだ？と近衛は逆に興味津々になってしまった。どんどん追及されていくうちにごまかせなくなり、いろいろ事情があって、今は自分のマンションの部屋にいるということを吐かされてしまったらしい。

「あいつは同い年で、デビュー作でも共演してたりで、一緒の現場になることが時々あって……少し前、近衛には別れた彼女の生き霊が憑いてたことがあった。何度か事故が続いてたみたいだったから、黙って見過ごすことができなくて、難しくはない案件だったから、僕が祓ってやったんだ」

それ以来、近衛はいっそう親しげな態度で耀仁に絡んでくるようになったというわけらしい。

苦々しく言う耀仁を見ると、どうも近衛は彼にとってあまり好きなタイプではないようだ。

「もちろん僕は六車くんの連絡先を教えなかったし、直接連絡が来るようなことはないと思うけど……万が一、僕が留守のときにうちに来たりしても、決して部屋に入れたりしちゃ駄目だよ。いい？　あいつは振った元カノが怨念持って生き霊になっちゃうくらいの遊び人なんだからね？」

決して近衛の誘いには乗らないように、と厳命され、冬雪は慌ててこくこくと頷いた。

何やら、耀仁はやけに近衛を警戒しているようだ。

（そもそも、近衛さんが気にかけてくれたのは、俺がスタジオで倒れたりしたから、具合を心配してくれただけだし……）

自分などに俳優の彼が誘いをかけたくて、山中から連絡先を聞き出そうと思ったわけではないだろう。それなのに、耀仁が珍しくぴりぴりしているのが不思議だった。

けれどもし、過剰な憑き物体質の冬雪が誰かに誘われて安易に外に出れば、また危険に晒されることになる。せっかく安全なところに置こうと努めているのにと、耀仁は苛立っているのかもしれない。

まるで身内のように冬雪の安否を気にかけてくれている。彼の優しさに、胸がじわっと温かくなった。

「あの……大丈夫です。ないとは思いますけど、俺、誰に誘われても外に出たりしませんから」

言葉に出して約束すると、耀仁がやっと表情を緩めてくれて、冬雪もホッとした。

それからは来客もなく、静かな時間が流れた。

近衛から撮影現場で顔を合わせるたびにまた家に行ってもいいかとせがまれて、全部断っていると、辟易した表情で耀仁は漏らしている。

毎日ポメ吉の世話をしながら一人と一匹の好物を作り、冬雪は穏やかな日々を堪能しながら過ごす。

——そうして、彼の叔祖父から待ちかねた返事が届いたのは、冬雪が居候し始めて二週間ほどが経った頃のことだった。

「行事と依頼が重なっていて忙しいらしいって話は叔祖父の世話係から聞いてたんだけど、まさかこんなにかかるとはね」

高級マンションだけあって、この建物の管理室には専従のコンシェルジュが二十四時間常勤している。書留などもそこに届くため、帰宅した際に立ち寄って受け取ってきたらしい。

居間で彼は分厚い封筒を開け、複数枚に亘る長い手紙を読み始める。

キッチンで茶を淹れながら、冬雪は祈るような気持ちでそれを見守った。

真剣な顔で手紙を読んでいる飼い主を見て、空気を読んだのか、ポメ吉は大人しく冬雪の足元にまとわりついている。

ほうじ茶を淹れて、トレーに二人分のマグカップを載せる。「おいで」と声をかけて、とことことあとをついてくるポメ吉と一緒に居間に戻る。

手紙を読み終えたらしい耀仁は、なぜか呆然とした様子でソファに座り込んでいる。

彼の前に湯気の立つカップをそっと置くと、やっと我に返ったらしい。ありがとう、と言って手に取るが、彼は何も言い出さない。

ポメ吉はしばらく二人の近くをうろうろしたあと、自分のハウスに入って眠ることにしたようだ。

耀仁がカップを置くまで待って、冬雪はおずおずと口を開く。

「あの……もしかして、断りのお返事だったんでしょうか……？」

覚悟を決めて訊ねると、耀仁は驚きの答えを口にした。

「いや、視てみなければわからないけど、自分でよければ受けてくれるって」

「ええっ!?」

思わぬ朗報に、冬雪は目を輝かせた。しかし、なぜか耀仁のほうは複雑そうな表情をしている。

どうしてなのだろうと思っていると、彼が手紙の束をスッと冬雪に渡してきた。

「読んでいいよ」と言われて目を通そうとするものの、筆で書かれた流麗な文字は行書だった。

（ど、どうしよう……）

あまりにも達筆すぎて、ところどころしか読めずに冬雪が困難していると、耀仁が「ああ、ごめん、読み辛いよね」と言って説明してくれる。

「えっと……方法はちょっと置いといて、叔祖父に頼んだことは、やっぱり祖父の耳に入ったらしい。それで、祖父が『身内に頼みごとをする前に、まず自分に通すべき礼儀を通せ。話はそれからだ』って言ってるっていう伝言が書いてあった」

(礼儀を通す……？)

「それは、もしかして……頼みを通すために、まずはお金を払えっていうことでしょうか？」

冬雪が訊ねると、耀仁は苦い顔で笑う。

「……前にも言ったと思うけど、祖父とは本気で不仲なんだ。大学卒業後に、僕が実家に戻らずに俳優の仕事を続けるって伝えたときに、大喧嘩してる。『家業を継がないなら、他の者を一から育成する分、これまでお前を育てるのにかかった金と、これから神社に入るはずだった金を耳を揃えて置いていけ』って厳命されてるんだ」

冬雪は呆気にとられた。つまり、彼の祖父の条件はお祓いの依頼料ではなく、『頼みごとをするなら、まず初めに家を継がないことへの詫び金を払ってからにしろ』というものらしい。

まさか実の祖父が孫に金を要求するなんてと、冬雪は愕然とする。

「いちおう、祖父の要求額くらいはもう稼いだんだけど、今は投資に回してる分もあるから、来年払おうと思ってたんだよね。……うーん、支払いは、最速でも来月になるかな……そうなると、叔祖父に祈祷を頼むのはそれ以降になるけど、ごめんね、もうちょっと待っててもらえるかな？」

すまなそうに言われて、冬雪は恐縮しながら何度も頷く。

「も、もちろん、俺は構いません……でも、家業を継がないことで、お金を要求されるなんて……お祖父さん、酷いです」

「いや、そんなこともないよ。むしろ、無理に継がせようとされるより、金でケリがつくことならむしろ安いものだと思ってる」

耀仁はすでにその取引には納得しているのか、淡々とした様子で言う。

「ただ、祖父の条件を呑むとなると、金を払ったあと、叔祖父と僕のスケジュールを突き合わせるとしたら、来月……場合によっては再来月とかそれ以降まで、君が外に出られなくなっちゃうっていうのが困るよね。最低でも安全に外出できるようになるまで、一か月以上はかかるってことだから」

うーん、と唸って彼が考え込む。さすがにそんなに長く耀仁の部屋に世話になるわけにはいかないと、冬雪は困惑してうつむいた。

その間ずっと無職なことも気になるし、たとえ邪魔だと思っても、彼はきっと自分を追い出せないだろうと思うと、いっそう心苦しくなる。

ハッとして慌てたように耀仁が言った。

「あっ、違うよ、その間、もちろんうちにいてくれていいんだからね!?」

おずおずと顔を上げて彼を見ると、耀仁は小さく笑って言った。

「六車くんは、ポメ吉の世話してくれる上に美味しいごはんまで作ってくれるし……むしろうちにいてくれてありがたいと思ってるくらいだから」

出ていってほしいと思ったときにはちゃんと言うから、その点は心配しないように、と釘を刺される。

「でも……やっぱり、一か月以上なんて、いくらなんでもお世話になりすぎです」

本来耀仁とは、エキストラとして参加した日雇いバイトの現場で偶然会ったというだけの関係だ。それなのに、彼は信じられないくらいに冬雪に親切にしてくれた。だからせめて、迷惑だと思われる前に出ていきたいのだ。

冬雪がそう言おうとしたとき、ふいに彼の手が伸びてきて、膝の上に置いた手をぎゅっと握られた。

驚いて視線を向けると、耀仁は真剣な顔をしている。

「社交辞令で言ってるんじゃないよ。僕はそういう面倒くさいことを言ったりしないから。わかるだろう？」

冬雪は躊躇いながらこくりと頷く。耀仁は、心の底からこの部屋を出たあとの冬雪の身の安全を心配してくれているのだろう。

「本当に、一か月でも半年でも、一年だっていてくれていいんだ……君が僕との同居が嫌じゃなければ」

「あ、耀仁さんが嫌だなんて、そんなこと、ありえないです」

強く手を握り込み、引き留めてくれる彼の優しさが、冬雪の胸に沁みる。

嫌なわけがない。

だからこそ冬雪は、彼にだけは嫌われたくなかった。

しかし、居候の身が心苦しくてどんなに悩んだところで、行き先が思いつかない。もしあの日、彼が自分の部屋に連れてきてくれなかったら、エキストラのバイトさえうまくいかなかった自分は、数日後には野宿するしかなくなっていたはずなのだから。

「頼むから、出ていこうなんて思わないで。どうしても気になるなら、ここにいるのは君のためじゃなく、僕を落ち着いて仕事に専念させるためだと思って？」

彼はそう言って冬雪の中の罪悪感を軽くしてくれようとする。

「すみません……もうしばらく、お世話になります」

結局、申し訳ない気持ちになりながらも、冬雪は礼を言って耀仁の厚意に甘えるしかなかった。

安堵したように耀仁が表情を緩める。彼はテーブルの上に広げた手紙を封筒に戻しながらため息を吐いた。

「叔祖父も、祖父が要求する金額を僕がすぐには払えないはずだと思ったんだろうね。それまでの間、悪霊を引き寄せてしまう対象者——つまり、君のことをとても心配して、一時的にでも守る方法を手紙の中で挙げてくれてたよ」

「あ、あの……それは、どんな方法なんでしょう？」

ハッとして、冬雪は食いつくようにして訊ねる。

どうにかして一時的にでも安全に外に出られるようになれば、バイトができる。先々ここを出たあと、部屋を借りるには手持ちの金が少なすぎるし、それに彼が用立ててくれた金を使うのは違うと思う。

だから、働きたい。少しでも外に出られるようになるのなら、今のうちにわずかずつでも金を貯めておきたかった。

お札《ふだ》なのかお守りなのか、さっぱりわからないけれど、そのために、喉から手が出るほどその方法を知りたい。

けれど、必死の冬雪を前に、難しい顔をして耀仁は首を横に振った。

「ごめん、できないことはないと思うけど、それはちょっと……いや、かなり悩ましい方法なんだよ」

他に方法がないか、叔祖父に訊いてから少し考えたいと言い、耀仁はその日は早々に自分の部屋に戻ってしまった。

*

キッチンで玉ねぎをみじん切りにしていた冬雪は、ふと手を止めて小さくため息を吐く。

夕食の仕込みをしながら、頭の中では、先日耀仁の元に届いた手紙の内容をあれこれと考えてしまう。

（耀仁さんの叔祖父さんが教えてくれたのは、どんな方法なんだろう……）

届いた翌朝も、耀仁は手紙に書かれていた方法を教えてくれないまま仕事に行ってしまった。

それから今日で三日経つけれど、なぜか手紙の内容を口に出そうとはしない。

彼は冬雪を自分の部屋に連れてくると決めたときでさえ、五分も迷わなかった。そんなふうに、いつも何事もさくさくと物事を決めていく彼がそれほど悩むなんて、相当難しい方法なのかもしれない。また自分のせいで彼を困らせてしまっていることに、冬雪は沈んだ気持ちになる。

「――ん？　どうしたポメ吉、おやつかな？」

腹が空いたのか、ポメ吉が何か欲しそうに見上げてくる。冷凍しておいた茹でササミを電子レンジで解凍して出してやると、大喜びで皿に飛びついた。小さいながら食欲旺盛で、何を出しても喜んで食べてくれるのが嬉しい。

いつもポメ吉の食事は、犬のための手作りごはんのレシピサイトを借り物のスマホで見て作る。今日は細かく切って茹でたキャベツと挽き肉をあげてみた。自分は大体その残りの具に軽く味付けをして、あとは残り物の米などで済ませている。

ポメ吉がおやつを完食し、満足げに床に横たわるのを見て小さく笑い、冬雪は料理の続きにとりかかった。夕食は耀仁が好きなおろしポン酢のハンバーグにする予定だ。いつも仕事場で用意される弁当や差し入れには味の濃いものが多いようで、耀仁は夕食には比較的あっさりしたものを好む。注文をつけるのは好きではないのか、あまり細かいことは言ってくれないが、居候の身としては喜んでくれるものを作りたい。彼の好物がわかるたびに心に留め、好きな味付けを覚えておくようにしている。

夕食のメインの具材をまとめると、あとは焼くだけにして保存容器に入れ、冷蔵庫にしまう。それから、付け合わせにはかぼちゃのサラダと、ブロッコリーと玉ねぎのマリネ、豆腐と大根葉の味噌汁も作り終えた。

早々に夕食の準備が済むと、時間が余ったので、大袋で買った小麦粉とオートミールを混ぜ、少しだけチョコを入れ込んだクッキーを間食用に焼いておいた。

料理をするのは本当に楽しくて、時間を忘れて没頭してしまう。

先日は、ネットスーパーでセールになっていたさつまいもを箱買いし、丁寧に潰してスイートポテトを作ったりもした。なかなか綺麗に焼けたので食後のデザートに出してみたら、耀仁が気に入り、「これは、店で売ったらSNSで話題になって、人気商品になるレベルだね」と褒めてくれた。

まだたくさん作ってあることを伝えると、翌日は休憩中に食べたいと言って、撮影スタジオにまで持っていってくれた。ちょうど山中や近衛もいたので勧めると、皆すごく美味しいと絶賛して喜んでもらえたそうだ。少しでも耀仁の役に立てたみたいで、その日はとても嬉しかった。

クッキーも焼き終えて、冷ますだけになると、もう本当にやることがなくなる。

頭を埋め尽くす手紙の件から気持ちを切り替えて、冬雪はポメ吉と遊ぶことにした。いちおうはペットシッターとして雇ってもらっているのだから、その役割くらいはきちんと果たさねばならない。

「ほら、ポメ吉、少し外でお散歩しよう」

キッチンの足元で冬雪が菓子作りをするのを眺めていたポメ吉に声をかけると、喜んでぶんぶんと尻尾を振る。

ポメ吉の世話について確認したとき、耀仁からは「こいつはそんなに歩くの好きじゃないから、一日一度、十分くらいルーフバルコニーに出してやるだけでじゅうぶんだよ」と言われている。

冬雪は小型犬に詳しくないけれど、せめて朝夕はもう少し外の空気を吸いたいのではないかと思い、ポメ吉が戻りたがるまでは遊ばせるようにしていた。だが、ポメ吉は本当にだいたい十分程度経つと、「もうかえります」というように窓を向いてちょこんとお座りをするのだ。運動不足にならないかなと心配して、部屋の中でボール遊びをしようとするけれど、あまり興味を示してくれない。本当に甘えん坊らしく、どこに行くにもとことこと短い足で必死に冬雪のあとをくっついて回るばかりなのだ。

(特に太る様子もないみたいだから、このくらいの運動量でもいいのかなあ……)

ふんふんと機嫌よく辺りを嗅ぎ回る、ふわふわの愛らしい毛玉のような姿を目で追う。

すっかり懐いてくれて、毎日何をしていても可愛く思える。初めて小型犬の世話をした冬雪は、すっかりポメ吉の愛らしさの虜だった。もし孤独だった子供の頃にこんな犬がいてくれたらどれだけ心を慰められただろうと思いながら、日々その天真爛漫さに癒やされている。

それなのに、名目上はペットシッターの身ながら、冬雪は外に散歩に連れ出してやることができないのが不甲斐ない。

(俺が世話係になったことで、ポメ吉が退屈じゃないといいんだけど)

この部屋のルーフバルコニーは十畳くらいの広さがある。端のほうにいくつか大きめの観葉植物が葉を伸ばし、日陰になる場所にはガーデンチェアとテーブルも置かれている。上の階にいくごとに少しずつずれたひな壇型の造りなので陽光の下に出ることも日陰でのんびりすることもできるという贅沢な空間だ。

今日は天気が良く、青空の向こうに雲がぽつぽつ浮かんでいるのが見える。午後の日差しに目を細めながら、冬雪はフェンスに腕をかけて、辺りを見下ろした。

南東向きのルーフバルコニー下は、マンションの裏庭に面している。

整えられた植栽が青々とした立派なプライベートガーデンには、驚いたことに小さな滝まで造られている。あの辺りをポメ吉と散歩できたらきっと気持ちがいいだろうなと思いながら、うらやましく眺める。

人付き合いがあまり得意ではない冬雪は、ずっと部屋に籠もっていても全く苦にならない。

たまに三善が届け物をしに来る程度で、食材の配達は受け取ったコンシェルジュが玄関まで届けてくれる。それ以外は人と顔を合わせることもない。今の暮らしはただ心地好くて、ストレスといえば、耀仁の邪魔になっていないかという不安だけだ。

時折、この夢のような日々に終わりが来るのが怖いような、むしろ早く目が覚めて終わってほしいような、複雑な気持ちになる。

いつも突然襲われたり、ふいに死の危険が迫ったりする日々に慣れていて、穏やかな平和を味わったことがないからかもしれない。

どんなに望んでも、こんな幸せが続くわけもない。

(遠からず終わる暮らしなんだから、ありがたく堪能しておかなきゃ……)

そう考えて、ポメ吉が寄ってきたら撫でてやり、またご機嫌で歩き回り始めるのを見守りつつ、何げなく外に目を向ける。

ふと視界に映ったものに、冬雪は思わず目を瞬かせた。

瀟洒なゲートのある表の出入り口に比べ、裏の出入り口はひっそりとしている。

その裏門の辺りを歩く、茶色っぽくて小さな生き物――おそらく、小型犬の姿が見えたのだ。

(迷子かな……?)

周囲に目を向けても、飼い主らしき人影は見当たらない。

小型犬はうろうろと落ち着きなく歩道を歩き回っている。

裏門の前は二車線の道路になっていて、それほど交通量の多いところではないのが幸いだが、人けもなく、小型犬を保護してくれる人はいないようだ。

おろおろと眺めているうちに、道路を渡ろうとした小型犬の前に車が通りかかって息を呑む。冷や汗が滲んだが、慌てて渡るのをやめてくれた小型犬に、ほーっと息を吐いた。

（このままじゃ轢かれちゃうよ……）

「ポメ吉、ごめん、ちょっと中に入って」

慌ててポメ吉を抱き上げて、室内に入れる。足を拭く時間も惜しく、あとで丁寧に掃除をしようと決めて冬雪は急いで部屋を出る。突然の行動に驚いたのか、背後でポメ吉が珍しくキャンキャンと激しく鳴いている。

ごめんね、と心の中で声をかけ、冬雪はエレベーターホールに向かって駆け出した。

一階に下り、いったん正面のエントランスから出て、急いで裏門のほうへと向かう。滝の流れる裏庭を堪能する余裕もなく走った。

裏の出入り口を開けて外に出ると、小型犬はまだそこにいて、のんきに街路樹の根っこの匂いをくんくんしていてホッとした。

驚かさないようにそっと近づいて、引きずっていたリードを掴む。これでもう車道には出られないと、冬雪はホッと息を吐く。

きょとんとしてこちらを見上げてくるのは、茶色の巻き毛をしたトイプードルだ。人懐っこい性格のようで、おいでと手招きすると、まったく怖がらずに冬雪に寄ってくる。膝に手をかけて伸び上がってくるので、よしよしと頭を撫でてやる。

「君のご主人様はどこに行っちゃったのかな」

きょろきょろと辺りを見回しても、やはり飼い主らしき人物の姿は見当たらない。ともかく、急いで安全なマンションの建物内に戻り、コンシェルジュに頼んで警察に連絡を入れてもらわなくては、と思ったときだ。

ぞわ、と寒けがして、うなじの毛が逆立つのを感じた。

ふと見ると、どこからともなくわさわさとあの黒い小さなもやもやが集まってきて、足元や肩にまとわりついている。

慣れたもののはずなのに、久し振りの感覚は耐え切れないほど不快だった。

邪のモノたちは、まるで探していたものを見つけたとでもいうように、冬雪に飛びついてくる。あとからあとからどんどん増えて、冬雪を取り囲む。

負の気配に気づいたのか、トイプードルが冬雪に向かってキャンキャンと吠え立てる。

(どうしよう……、息、できない……)

集まりすぎて巨大になったもやもやたちが連なり、ぎゅーっと絞めるようにして首に巻きついてくる。追い払ったり逃げたりするどころか、呼吸すらもままならない。しかし、おそらくはた目には、冬雪はただ立ち竦んでもがいているだけの不審者にしか見えないだろう。

「六車くん!?」

遠ざかる意識の中で、名を呼ばれたような気がした。

幻聴かもしれないが、脳裏に、心配する耀仁の顔が思い浮かんだ。

まさか、彼のマンションのそばでこんな死に方をするなんて。最後まで疫病神の自分が悲しくて悔しい。もう死を回避できないのなら、せめて、彼の迷惑にならないところで死にたかった。

(もっとたくさん、耀仁さんの好物を作りたかったな……)

——少しでも、彼に感謝の思いを伝えられただろうか。

散々助けてもらったけれど、何一つ返すことはできなかった。

悔やんだ瞬間、いっそう大きな負のかたまりに呑み込まれる。喉の奥にまで何かが入り込んできて、完全に呼吸ができなくなり、抗いようもなく冬雪はその場で意識を失った。


その夜、耀仁はいつもより早めの時間に帰ってきた。

「耀仁さん、お帰りなさ……っ」

急いで走っていって玄関で出迎えると、冬雪はいきなりがしっと両肩を掴まれた。耀仁は真正面から冬雪の顔をじっと見るなり、下を向いて、はー……っと深く息を吐く。

ご主人様が帰ってきたことが嬉しいのか、ポメ吉が二人の足元を大喜びでぐるぐると回ってい

る。

「耀仁さん……？」

冬雪が固まっていると、居間から現れた三善が声をかけてきた。

「六車さんは夕食を完食されました。水分もちゃんととっていましたし、熱と脈も何度か確認させてもらいましたが、問題ありません。体調は心配いらないようです」

「そうか、良かった。撮影も今日は順調に進んだよ。あ、明日はスタジオに九時集合だって」

耀仁の言葉に、三善が了解しましたと答える。

「では、私はこれで失礼します」

靴を履く三善に、冬雪はドアから飛び出さないようポメ吉を抱き上げてから言った。

「三善さん、ご迷惑おかけしてすみません。いろいろありがとうございました」

振り向いた三善が何か言うより前に、耀仁が少し言いにくそうに口を開いた。

「三善。今日は……いてくれて助かった」

三善はかすかに目を丸くする。それから小さく口の端を上げ、「いいえ、これも仕事のうちですから」と言って頭を下げた。

三善が出ていき、居間に移動してソファに冬雪を座らせると、耀仁がその隣に腰を下ろした。

本当にもう大丈夫なのかと確認するように、隣からじっと顔を覗き込んでくる。

「あの、もうどこも苦しくないですし、本当に大丈夫です」と慌てて言うと、やっと安堵した様子で彼が表情を緩める。耀仁がぽつりと言った。

「……今日は、生まれてこの方、一番肝が冷えたよ」

『――くん、六車くん!?』

危険だとわかっていながらも、迷子犬を保護するためにやむなくマンションの外に出た冬雪は、その場で黒いもやもやの大群に襲われて、逃げられずに意識を失った。

ちょうどそこへ、三善が運転する車が通りかかったのは、まさに天の助けだったとしか言えない。

後部座席にいた耀仁は、邪のモノたちに襲われている冬雪と、異変を感じて必死に黒いもやもやを威嚇しているトイプードルを見つけるなり、車を止めさせて飛び出した。

冬雪が呼吸をしていないことに気づいた彼は、名を呼びながら人工呼吸を行い、口から息を吹き込んでくれた。おかげで冬雪は息を吹き返したのだそうだ。

いったんマンションの中に戻ってから、念のため病院に行こうと耀仁から言われたけれど、冬雪は大丈夫ですとそれを断った。

検査には金が必要だし、冬雪はほんの二週間ほど前にも精密検査をしてもらい、体に異常はないと診断されている。そもそも、倒れたのは体に原因があるわけではないのだから、検査の必要はない。

しかも、耀仁が来てくれたおかげで、負の気を持つモノたちはすっかり霧散している。もう安全なマンションの中だし、部屋に戻って少し休めば問題ないからと。

用があって戻ってきたが、今は撮影の休憩時間で、耀仁はまたすぐにスタジオに戻らなければならない。時間がない中での妥協案として、『では、私がマンションに残って付き添います』と三善が申し出てくれたのだ。

何か少しでも体調に異変があればすぐに連絡するように三善に伝えてから、耀仁は心配そうに自ら運転してスタジオに戻っていった。

件のトイプードルはといえば、病院に行く行かないと揉めている間に、老夫婦が捜しに来た。夫婦で散歩中に夫のほうが躓き、その拍子にリードから手を離してしまったらしい。幸い怪我はなかったが、それから一時間近くもの間、姿の見えなくなった犬の行方を捜し回っていたそうだ。やっと愛犬を見つけた老夫婦は、涙ぐみながらトイプードルを抱き上げ、何度も冬雪たちに礼を言って帰っていった。

（また、耀仁さんに迷惑をかけてしまった……）

あんなに彼から忠告されていたというのに、一人でマンションの外に出た上に、さっそく命の危険に晒されてしまった。よくよく考えてみれば、コンシェルジュに電話するか警察に連絡するかで、自分自身が出るべきではなかったのだと反省する。運良く冬雪は命を落とさずに済み、トイプードルも怪我をせずに飼い主の元に戻れたけれど、耀仁がいなければ、今度こそ自分は死んでいたかもしれないのだ。

犬を保護しに出た経緯を話そうとしたが、すでに三善がメールでスタジオにいる耀仁にも報告してくれたようだ。

「あのとき、マンションに戻ってきたのは本当にたまたまだったんだ。脚本に修正が入って、セットを変更する時間、少し長めの待ちが発生したんだよ。ちょっと渡したいものがあったから、その間にマンションに戻ろうと……」

いつもきちんと人の目を見て話すタイプの彼は、珍しく視線を伏せたままだ。

珍しく日中にマンションに戻ってこられた事情を聞いて、冬雪は自分が助けてもらえたのは本当に幸運だったのだと思った。

そういえば、三善は部屋に入るとき、紙袋を持ってきていた。袋の中身はスイーツが入っているような箱だ。冷やしておいてほしいと言われたので、きっと耀仁がもらった差し入れだろうと思い、冷蔵庫にしまってある。

冷蔵庫のことを考えたとき、ふと耀仁の好物ばかりを作った夕食を思い出した。

「あ、あの……耀仁さん。今日の夕飯、おろしポン酢の和風ハンバーグにしたんです。もし良かったら、温めてきましょうか？」

おずおずと訊ねたが、耀仁は苦笑いを浮かべてゆっくりと首を横に振った。

「ごめん、すごく嬉しいんだけど、今は喉を通りそうにない。明日いただくよ」

ではお茶かコーヒーを淹れようかと言ってみても、今はいいと断られてしまう。

自らの無謀な行動を反省しつつも、あの犬が怪我をしなくて良かったと安堵していた冬雪は、耀仁の様子がどこかおかしいことにようやく気づく。

彼は笑みを消すと言った。

「少し……真面目な話をしてもいいかな」

「は、はい」

「例えば、今日みたいに迷い犬を見つけたわけじゃなくても、僕が留守にしている間に、火事や地震が起きることだってないわけじゃない。そういった非常時に、君がマンションの外に出なきゃならなくなる可能性を排除してた」

「今日のことは、考えなしに飛び出した俺自身のせいで……」

急いで否定したが、耀仁は首を横に振った。

「違う。君をこの建物の中に置いてさえいれば安全だと思い込んでた、僕が甘かったんだ。叔祖父からの手紙の内容、詳しく話さずにいたけど……実は、今日君を助けることができたのは、あの手紙に書いてあった方法のおかげなんだ」

驚きに目を瞠る冬雪の前で、耀仁は手紙に書かれていた、二つの方法を話してくれた。

「祖父は、たびたび悪霊祓いや呪詛返しを頼まれているけど、叔祖父はそういうのはあまり得意ではなくて、どちらかというと悪霊や呪いから身を守る方法に詳しいんだ。それで、僕は六車くんの状況や、これまで遭遇したこともないほど酷い状況を手紙に書いた。お守りやお札程度では守れそうもない。生きて生活している人間を、ずっと結界の中に置いておくことも難しい。祓ってもらえるまでの間、どうにかして彼を守れる方法はないか、と」

叔祖父は、まるで大小の悪霊を呼び寄せるかのような冬雪の状態を不憫に思い、祈祷までの間に使えそうな協力な守護について調べてくれたそうだ。

「一条院家には代々の陰陽師が書き残してきた記録の保管庫があるんだけど、その中の一つに、六車くんの件に近い事例があったらしい」

ちょっと古くて、平安時代のことなんだけど、と言われて、冬雪は予想外の話に眩暈がしそうになった。

(平安て……千年くらい前の話、ってこと……?)

『ちょっと古い』どころの話ではない。

目を白黒させている冬雪に、耀仁は叔祖父が送ってきたいにしえの事例を話してくれた。

――とある貴族の娘が、意図せずに蜘蛛を殺した。だがそれは、蜘蛛に化けて屋敷に忍び込み、政治的な探りを入れていた間諜だった。大事な手下を殺された術者は娘を逆恨みし、「数え切れないほどの蜘蛛に取り囲まれて死ぬ」という呪いをかけた。貴族は、娘可愛さに時の陰陽師に縋り、呪いを解いてほしいと頼んだ。陰陽師はまず、貴族の屋敷に結界を張って蜘蛛が入れないようにし、呪いを解く方法を探った。しかし、方違えでどうしても別邸に移動せねばならないときもある。更に、陰陽師はしきたりで同行できず、娘の身は幾度か危険に晒された。そのたびに陰陽師は駆けつけ、すんでのところで死にかけていた娘に自らの気を分けて蘇生させた。貴族に泣きつかれた陰陽師は策を練り、「娘と結婚させてくれるなら命を守れる」と言って、貴族の家に婿入りした。娘の夫となった陰陽師は、娘が結界を張った屋敷から出る前に、自らの気を多く入れ、蜘蛛を寄せつけないようにしてから式神に守らせた。そうこうしているうちに、屋敷から鬼門の方角に呪物が埋め込まれているのを見つけ、陰陽師は術者に呪いを返した。かくて娘の命は守られ、貴族には感謝されて、陰陽師は婿として大切に扱われたそうな――。

すらすらと話す耀仁に驚く。どうやら彼は、昨日読んだ手紙の内容を丸ごと記憶しているようだ。

そういえば、自分が家にいて邪魔じゃないのかと訊いたとき、仕事の台本は一度読めばだいたい頭に入るので、夜眠る前に読み、撮影直前に確認するくらいだと言っていた。さすがは俳優だと冬雪は驚嘆したが、その際立った記憶力は日常においてもいかんなく発揮されている。一般人程度の頭脳と記憶力しか持たない冬雪は、彼の話に集中しようと耳を傾けた。

「その後、娘は陰陽師の子を何人か生んで、一人は父方の家の跡継ぎとなったそうだから、つまり、一乗院家のご先祖様ってことになる。今の話、六車君のケースとちょっと似てない？」

確かにと冬雪は神妙な顔で頷く。

「似てると思います……」

貴族の娘を陰陽師が救う――。

自分が呪われているのは生まれながらのことだし、両親もいない。境遇は異なっているものの、それ以外の状況はかなり近い。

邪のモノに襲われ、命の危機に瀕している冬雪を、陰陽師の末裔である耀仁がなんとかして救おうとしてくれているところなどはまったく同じだ。

「それで、叔祖父が注目したのが、『陰陽師はそばを離れなければならないとき、娘に自らの気を多く入れ、一日程度は蜘蛛を寄せつけないようにした』っていうくだり。それから『すんでのところで死にかけていた娘に自らの気を分けて、蘇生させた』っていう、二つの描写だ」

冬雪は真剣にその様子を想像してみたが、さっぱりわからない。

「『気』って、具体的になんなんでしょう？」

疑問を口にすると、耀仁が、困ったような顔で笑った。

「ちょっと、どうとも取れる感じでわかり辛いよね。認識が間違っていたら、せっかく調べてもらった方法を試しても意味がないし。だから、叔祖父に連絡を取って確認してみた」

勘当同然の孫である彼を直接助けては、当主である祖父の気に障りそうなので、叔祖父は世話係を通じて密かに教えてくれたそうだ。

「『気』は、陰陽師が持つ妖力。そして、蘇生のほうはおそらく接吻、つまりキスをして妖力を吹き込み、生き返らせたってことらしかった。それを聞いてたおかげで、今日僕は六車くんを助けることができたんだ」

「そうだったんですか……」

接吻、という古めかしい言葉に、冬雪はなんとも言えない羞恥を感じて無意識にうつむいた。

耀仁の顔がまともに見られない。

なぜなら、耀仁は今日、人工呼吸――つまり、その『接吻』という行為を通じて、酸素ではなく彼自身の妖力を吹き込むことで、冬雪の命を救ってくれたからだ。

まさか、それが叔祖父からの手紙のおかげだとは知らなかったけれど、間接的に命を救ってもらえて感謝しかない。

「方法を教わっても、いまひとつピンとこなくて、実際危険が迫っても自分にできるのか、正直わからなかった。僕は祖父と揉めて陰陽師になるための修行は高二できっぱりやめてるから、覚えてない術もあるしね」

「でも……耀仁さんはすごいです。俺は、何度も助けてもらいました」

自嘲気味に言う彼に、冬雪は正直な感謝の気持ちを口にする。

驚いたようにかすかに目を瞠り、彼は少し照れた顔で笑う。

「ええと、それで、肝心のもう一つ、娘が結界の中から出るときの守り方だ。『陰陽師は離れなければならないとき、娘に自らの気を多く入れて、一日ほどは蜘蛛を寄せつけないようにして、式神に守らせた』っていうの。叔祖父が言うには、一日程度持つ気、というのは……」

いったん言葉を切って迷うように視線を伏せてから、耀仁は覚悟を決めたみたいに冬雪に目を向けた。

「相手と性交をすることで、接吻をするよりも多く、自らの妖力を注ぎ込んだのではないか、という話だった」

(せ、性交……!?)

予想外の方法に思わず呆然とする。件の陰陽師が遺した書物には、まさかの方法が書かれていたようだ。

なぜ耀仁が、叔祖父の手紙の中で挙げられていた方法をなかなか教えてくれなかったのかが、ようやくわかった。

なぜ接吻や性交をしている最中に注ぐのかについては諸説あるようだが、おそらくは互いに体の熱が上がり、昂った状態になったほうが、ヒト側が妖力を容易に受け入れやすくなるためではないかということだそうだ。

「昨日までは、具体的な方法を知っても、まだ悩んでた。他者に妖力を分けるやり方はいちおう学んだけど、本当にそれで君を守れるのか……それに、そんな方法を六車くんが受け入れてくれるのかっていう迷いもあったし」

そこまで言ってから、耀仁が手を伸ばして隣に座る冬雪の手を取った。

「だけど……もう、迷っていられない」

彼はまっすぐに冬雪の目を見つめる。

「君を襲ったあの小さな邪のモノたちは、どこか奇妙だ。あんな動きは見たことがない。本当に、喜んで君のほうに吸い寄せられてくるみたいだった」

真剣な目で言われると、そのときの様子を思い出して、背筋がぞっと冷たくなる。

「更なる悪霊たちはおそらく、あれらに影響されて集まってきただけだろう。根本から祓うことは、僕の手には余る。叔祖父に助けてもらうにせよ、祖父の出した条件を完遂する来月以降までは頼めない。それまでの間、僕が仕事に行ってるときにもし何か起これば、次こそ六車くんの命は危ういだろう」

耀仁は覚悟を決めた表情で冬雪に言った。

「そもそも修行を重ねた陰陽師ではない僕が施して、どこまで効果があるかはわからない。でも、死にかけてる君に今日、無我夢中でキスで気を注ぎ込んだら、成功した……ならば、試してみる価値はあると思ったんだ」

「で、でも……」

冬雪は頭が混乱した。

——特別な力を持つ陰陽師の血を引く彼に『気』を入れてもらえば、一時的に身を守れる。

しかし、そうするのに必要なのは、性行為だ。

つまり、冬雪は耀仁に抱いてもらわねばならない。

驚きすぎて、頭の中では、でも、まさか、という考えがぐるぐると回っている。

たとえ実際にそうして、冬雪が耀仁のいない時間に安全に外出できるようになるとしても、自分の守護のために、そんなことを彼にさせるなんて。

ふいに耀仁に手を取られて、冬雪は跳び上がるほど驚いた。

「ま、待ってください」

「嫌？」

嫌というわけではない。ただ、頭がその信じ難い提案を受け入れられずにいる。

「そういうんじゃなくて……ただ、やっぱり」

「ただ、何？」

冬雪の手を握った彼が、動きを止めて次の言葉を待ってくれる。

耀仁に迷惑をかけ、世話になるにも限度がある。多額の金を払ってでも家業から離れようとした彼が、再び実家と関わりを持ち、男の自分を抱いてまで助けようとしてくれているのだ。

混乱しきった頭の中でも、やはり彼にこんなことをさせてはいけない、と冬雪は口を開いた。

「やっぱり、駄目です」

「僕とするのが嫌？」

「耀仁さんのことは嫌じゃないです。でも、……その、耀仁さんの彼女、とか」

「今特別な相手がいたら、さすがにこんなこと言い出さないよ。この期に及んで僕の都合を心配してくれてるの？　六車くん、非常時なんだから、もっと自分のことを中心に考えてよ」

苦笑して、耀仁が冬雪の手を自分の口元に持っていく。

助けを求められる相手が一人もいない冬雪には、恋人などいるはずもないことをわかっているのだろう、彼は冬雪には恋人の有無を訊ねることをしない。

それでもまだ躊躇っていると、彼が冬雪を見ながら言った。

「……毎日、家に帰ってきて君が無事だとホッとするんだ……翔竜は、僕が留守の間に亡くなったから」

愛犬の話に、冬雪は小さく息を呑んだ。

「あのときはどうしても休めなかったけど、仮病を使ってでも、たとえどんな悪評が立ってもいいから、一日だけ仕事を休んでやれば良かったと思う。ずっと支えてくれてたのに、もうそろそろ危ないってわかってた日にも僕はそばにいてやれなかった。すごく後悔してるんだ。二度とあいう思いはしたくない」

「耀仁さん……」

その話を聞いて、冬雪はやっと気づいた――どうして彼がこれほどまでに赤の他人の自分によくしてくれるのかを。

彼は長年飼ってきた大切な愛犬を失い、その心の傷がまだ癒えていないのだ。

ポメ吉もいるが、もう一匹犬がいるからといって、喪失感がすぐに消えるというわけではないだろう。

先日、荷物と差し入れを持ってきてくれた三善は、最初の夜に耀仁が冬雪と食事をしたとき、彼が完食していたことを聞くと、安堵の表情を浮かべた。

『耀さんは、翔竜が死んでしまってからかなり落ち込んでいて、あまり食べていないようだったので、気になっていたんです。少しでも食欲が出たなら、本当に良かった』

彼がなるべく食事をとるように、少し気にしておいてもらえると助かります、と言われたが、冬雪が作るものはいつも完食してくれるので安心していた。

しかし、まだ心にぽっかりと穴が空いていたところへ、彼は運悪く、命の危機に瀕している冬雪を拾ってしまったのだ。

更に、一度は彼の目の前で道路に引きずり出されそうになり、二度目の今日は、まさに天国が見える一歩手前まで行きかけた。

『自分のために、部屋にいてほしい』

何度も言っていたのは、冬雪の心の重荷を軽くするためかと思っていた。

だが、もしかしたらあれは、耀仁自身の本音だったのかもしれない――。

どんなに迷惑にならないようにと思っても、もう冬雪は彼の部屋に居候している。現に今、帰宅時に生きていることで安堵されてしまうくらいに無事を気にかけてくれている状態なのだ。

一度は彼に救われた自分が目の前で死ねば、癒えてもいない耀仁の心の傷は更に深くなるばかりだろう。

（ずうずうしい考えかもしれないけど……耀仁さんのためにも、無事に生き延びなきゃ……）

断ろうとしていた冬雪の気持ちが変わったことがわかったのか、耀仁が手の甲にそっと口付ける。びくっと肩を震わせ、どぎまぎしている冬雪に、彼は囁くように問いかけてきた。

「僕のこと、嫌いじゃないよね？」

こく、と冬雪は頷く。

好き？と訊かれて、面と向かって答えるのは恥ずかしかったが、隠しても仕方ないと、それにも正直に頷いた。

「ドラマの中では、すごく格好良くて、普段もすごく優しいから……いつの間にか、ファンになっていました」

「僕じゃなくて、『雨宮耀』のファンか。それは、嬉しいような、悔しいような、ちょっと複雑な気分だね……まあいいか」

そう言うと、彼は艶やかな笑みを浮かべる。

「じゃあ、ともかくやってみよう」

耀仁は隣に座っている冬雪のうなじに手を回して、自分のほうへ引き寄せた。

端正な顔が間近まで迫る。長い睫毛が伏せられる瞬間まで、冬雪は目を閉じられずに彼を見ていた。

温かく柔らかいものが唇に触れ、そっと押しつけられる。唇の間に下唇を挟まれて軽く吸われると、くすぐったさにも似た甘い疼きが走った。

優しく唇を啄まれる合間に「あ、あの」と冬雪は彼に訊ねた。

「何？」

「あの、お、俺、どうしたら……？」

吐息が触れるほどそばにいる彼がかすかに目を細める。

「六車くんは何もしなくていいよ。ただ、君の気持ちが閉じていると、あげられる妖力が半減してしまうかもしれない。だから、僕から与えられるものを受け入れようという気持ちでいてくれたら、それだけでいい」

顎を掴まれて、今度は少し深く口付けられる。ぬるりと舌が差し込まれて、無意識のうちに昼間のおぼろげな記憶が脳裏を蘇った。

呼吸ができずに失神した冬雪に、彼は『接吻』をすることで、自らの妖力を吹き込んで救ってくれた。俳優という職業の彼がもしその場面を誰かに見られていたら、たとえそれが人命救助だったとしてもすぐにゴシップニュースになってしまっただろう。

それなのに、人目も構わずに、耀仁は冬雪を助けてくれたのだ。

そして今も、冬雪を守るために、こんなことまでしようとしてくれている。

「ふ……ぁっ」

下唇を吸われて、体が熱くなっていく。蕩けるまで散々口付けられて、キスとはこんなにも甘く心地のいいものなのかと初めて知る。

唇をそっと離し、シャツ越しの冬雪の肩を撫でた彼がくすりと笑う。

「キス、初めて?」と訊かれて、顔が赤くなるのを感じる。羞恥が湧いたが、がちがちに硬くなった体とどう応じたらいいのかわからない様子は隠しようもない。

「体が強張ってる。緊張してる？　それとも、こういう経緯でセックスするのにはやっぱり抵抗がある？」

「ど、どっちも、です」

冬雪の答えに余裕のある様子で笑いながら、耀仁が首を傾げた。

「そっか。じゃあさ、僕のこと、恋人だと思ってよ」

「恋人……？」

「そう。先日、僕はスタジオで倒れた君を抱き留めて、その日の帰りに食事に誘って、そのまま家に連れ帰ってきた。君は何度も同棲は早いって出ていこうとしたけど、僕は君を離したくなくて『じゃあペットシッターとして雇うから』っていう口実で引き留めた。そして今日……やっと僕の思いが通じて、恋人になってもらえたんだ」

耀仁の話すストーリーは事実とは異なっている。

彼は、邪の存在に付きまとわれている冬雪を助けるために、手を尽くしてくれているだけだ。ただ、信じられないくらいにいい人なだけで——耀仁が自分に恋をするわけなんてない。

耳元に唇を近づけて、彼は潜めた声を吹き込む。

「今夜、君にOKしてもらえて、跳び上がるくらい嬉しい。まだ少し戸惑ってる君を今すぐ押し倒しそうになるのを必死に我慢してる……僕は、君に夢中だから」

熱い唇が耳朶に触れ、軽く吸われる。冬雪の体が小さく震えた。

演技だから、と思っていても、どこか嬉しげな声でこうして囁かれていると、まるで本当に、今夜ようやく両想いになれた恋人同士のような気持ちになってくるから不思議だった。

耀仁の低い声は甘く、聞き心地がいい。まるで魔法にかけられたみたいに、冬雪は彼が導く架空の話の中に誘い込まれていく。

こめかみや頬に口付けながら、耀仁が優しく訊いてくる。

「冬雪くん、冬くん、雪くん、冬雪……なんて呼ばれたい？」

冬雪はその質問に戸惑った。自分を下の名前で呼ぶ者は本当に少ないからだ。

だが、彼が芝居をしようとしてくれているなら、それに合わせたい。

今だけは、『憑き物体質で天涯孤独の不幸な六車冬雪』ではなく『耀仁に切望されている幸福な恋人』という設定の、まったく別の人間になった気持ちでいよう。

ならば、いっそのこと誰も呼ばない呼び方をしてもらいたくて、「じゃあ、雪くん、って呼んでもらえたら」と頼む。

「わかった……じゃあ、二人きりのときは、〝雪くん〟って呼ぶね」

彼が微笑み、耳元で「雪くん」と囁く。誰も呼ばない彼だけの呼び名と、特別な人を呼ぶときの甘やかすような声色に、またじんと体が熱くなった。

抱き締められ、ゆっくりとその場でソファに押し倒されそうになり、「耀仁さん」と慌てて声をかける。

「何？」

「あの……ここで、するんですか……？」

「うん。駄目？」

冬雪はこくりと頷く。どうして？と訊かれて、声を潜める。

「ポメ吉が起きちゃいます」

「あー……、爆睡してるし、あいつのことは気にしなくて大丈夫だと思うけど。居間でするのは抵抗ある？」

冬雪はこくこくと何度も頷く。ポメ吉の眠りを妨げるのも気になるし、空き部屋を自室として使わせてもらっているけれど、普段、冬雪は一日のほとんどの時間をここで過ごしているのだ。気になるなどというものではない。

「わかった、じゃあ僕の部屋に行こう……でも、幻滅しないでね」

どういう意味だろう、と思っていると、背中と膝裏に手を入れられてさっと抱き上げられる。驚きすぎて、立ち上がって歩き出した彼に、下ろしてください、という言葉も出なかった。細身とはいえ一七〇センチはある冬雪の体を、彼はまるで子供でも抱くかのように軽々と抱えて歩く。居間を出ると、まっすぐに自室へと向かった。

彼は肘で壁にある照明のボタンをパチンと押してから、冬雪をベッドの上に丁寧に下ろす。これまでは『僕の部屋だけは入らないでほしい』と言われていたから、冬雪が耀仁の部屋に足を踏み入れるのは初めてだ。

広さは十畳くらいだろうか。床と壁は他の部屋と同じ白を基調としている。ブラインドを下ろしたままの室内はダウンライトと間接照明だけで、暖色系の明かりがほんのりと部屋を照らしている。

大きめサイズのベッドにはきっちりと清潔なシーツがかけられ、毛布も綺麗に畳んである。

家具は、壁際にある天井までの高さの本棚が一つと、横長の机だ。本やファイルなどはどれも歪みなくきっちりとしまわれ、出しっぱなしの無駄なものは何一つとしてない。

まるで、撮影用にセットされたモデルルームのようだ。

部屋の隅に、背の高さほどの観葉植物が一つと、ワークアウト用らしき器具がいくつか置かれているところが、少しだけ生活感を匂わせる。

「綺麗好きなんですね……」

この部屋を見てどこに幻滅するというのだろう。完璧に整理整頓された部屋を眺めて、きちんとしているんだなあとむしろ冬雪は感嘆する。

「うん。ごちゃごちゃしてるのがあんまり好きじゃなくて」

耀仁はベッドの端に腰を下ろすと笑った。

「だから、この部屋に入れたのは、雪くんが初めて」

まさかの話に冬雪は目を丸くした。間取りは２ＬＤＫだが、居間もキッチンも広々としていて、家族でもじゅうぶんに暮らせるほどの余裕がある。一人で暮らすには持て余すほどの部屋なので、今は交際相手がいないだけで、これまでは誰かと一緒に暮らしたりしていたのかもしれないと勝手に思っていたからだ。

「俺、入れてもらっていいんでしょうか……？」

「もちろん。だって、雪くんもすごく綺麗好きだよね。正直、最初に部屋に連れてくるとき、自分がちょっと潔癖症気味だから、大丈夫かなあとは思ってたんだけど……何も心配いらなかった」

耀仁は冬雪の頬に手を触れると、顔を寄せてそっと唇を啄む。

「桔梗亭で食事したときから、食べ方が綺麗だし、礼儀もできてるしで、なんとなく好感は抱いてたんだ。でも、いざ同居してみたらうまくいかないこともあるだろうと覚悟してたけど、いつもキッチンはぴかぴかで冷蔵庫の中なんか一人のときより綺麗だし、バスルームやトイレまで毎日掃除してくれてて、すごく居心地よかった。雪くんは、僕より綺麗好きだと思うよ」

間近にある美貌が冬雪をうっとりとした目で見つめる。

冬雪も部屋は整っているほうが好きだ。育った施設でも就職した店の寮でも片付けは叩き込まれたので、綺麗にしているほうが自然だし心地好い。とはいえ、あまりに綺麗好きすぎると神経質だと思われそうで不安だったので、同じたちの彼に好ましく思ってもらえていたと知って、ホッとした。

耀仁は冬雪の顔を撫で、鼻先や瞼、額にもそっと口付けを落としていく。

「いつもびっくりするほど美味しいごはん作って待っててくれて、帰ったら玄関までポメ吉と迎えに来てくれるのが嬉しかった。雪くんがうちに来てくれてから、毎日楽しいよ」

——これは、演技だ。

どれだけ必死にそう思おうとしても、低く甘い声音で鼓膜をくすぐられると、頬が熱くなる。

ストレートに褒められると、素直に嬉しさが湧いた。

「嫌じゃなかったら、祈祷が無事に済んだあとも、この部屋にいてくれたら嬉しい。ポメ吉だけじゃなくて僕も……雪くんのこと、すごく気に入っちゃったから」

髪を撫でて甘く唇を食まれる。キスの合間に優しく囁かれると、冬雪は混乱した。

さすが俳優だけあって、彼の演技は真に迫っている。

どんなに自分に言い聞かせようとしても、これが現実であったらいいのにと思ってしまいそうになるのだ。

冬雪のためであったとしても、真実としか思えない声音と表情でこんな言葉を口にするのは残酷だと思った。

数え切れないほど甘やかすような口付けを繰り返しながら、そっとベッドに押し倒される。

シャツの前を開けられて、薄い胸元を大きな手で撫で回されると、勝手に体が竦んだ。

「真っ白だ……すべすべ。さっき抱き上げたとき、軽いと思ったんだ。雪くんはちょっと細すぎるよ」

「あ……」

耀仁の指先が小さな乳首に触れる。そっと乳輪をなぞられ、くすぐったいようなむず痒いような感触に冬雪は反射的に肩を震わす。

「一人のときもちゃんと食べてね。まったく、どうしたら遠慮をやめてくれるのかな……」

彼は困ったように言いながら、反応し始めた冬雪の乳首を弄り続ける。

「ん……っ」

胸など感じるはずもないと思うのに、指先できゅっと摘まれ、軽くひねられると、おかしな声が漏れた。

それを続けられると、次第に今まで感じたことのない、むずむずとした感覚が腰の奥から湧き上がってくる。

「舐めてもいい？」と訊かれて、答えを悩むよりも前に、耀仁が身を倒してそこに唇を触れさせる。刺激にぷっくりと小さく膨らんだ乳首に、優しい口付けが降ってきた。

「ん……、あ、あっ」

熱い舌でねっとりと舐め回され、唇に挟んでちゅっと音を立てて吸われて冬雪は身を仰け反らせる。顔を上げた彼に「胸、弄られるの好き？」と訊かれて、頬が熱くなる。

答えずにいると、今度は急かすみたいに乳首を甘嚙みされて、じゅくじゅくときつく吸われる。

「あ、ん、んっ」

初めて胸に与えられる刺激は奇妙な快感で、どうしてなのか背筋を走って腰まで痺れが伝う。身をびくびくさせながら、半泣きで「すき」と正直に言うまでしつこく吸い上げられる。じんじんと甘く疼いてツンと尖るまで、散々そこを弄り回された。

ふいにチノパン越しの冬雪の股間を、割り入ってきた脚で確かめるように擦られる。

ぐりぐりされると、自分のそこが反応してしまっていることに気づかされて、冬雪は動揺した。ウエストのボタンを外されてチノパンを下ろされ、そのまま下着まで脱がされそうになり、勝手に手が拒むように彼の手を掴んでしまう。

「駄目だよ、いい子にしてて」

逆に掴み返された手を引き寄せられて、甲にちゅっと音を立てて口付けをされる。

それ以上邪魔をすることはできず、下肢の衣類を引き下ろされ、冬雪は靴下以外のすべてを脱がされてしまう。

憧れの人の前で半裸を晒す恥ずかしさに、まじまじとそこを見下ろす彼の視線が拍車をかける。だが、これは自分のためにしてくれている行為なのだから、と羞恥を堪えて冬雪はその視線を受け入れた。

「もう先っぽが濡れてる……雪くんのここ、綺麗な色で可愛いね」

耀仁は半勃ちの冬雪の性器にそっと触れ、大きな手に乗せてじっくりと眺める。

「ひゃ……っ、あっ」

身を硬くして、視線をそらしていると、ゆるゆると指先でくびれを擦られてびくびくっと体が震えた。軽く弄られただけなのに、先端からとろっと先走りが垂れてしまう。

他人に触られたことのないそこを、耀仁に見つめられながら直接手で握られるなんて、刺激が強すぎる。

「あ……っ」

身悶えながら、もう出てしまうと冬雪が思ったとき、すっと彼が手を引く。冬雪の雫で濡れた指を眺めて、少し頬を紅潮させた彼が困ったように呟いた。

「やばいな……落ち着いてゆっくりするつもりだったのに、雪くんがあんまり可愛いからなんだか興奮してきた」

ちょっとだけ待ってて、と言い置き、冬雪の額にキスをすると彼が部屋を出ていく。

どうしたのだろうと戸惑っていると、すぐに耀仁は戻ってきた。

手には何かのボトルと箱を持っている。ベッドの上に置かれた箱を見ると、避妊具だ。ボトルのほうはおそらく潤滑油だろう。なんのためにそれを取ってきたのかに気づくと、動揺で体が熱くなる。

お待たせ、と言いながら耀仁がシャツを脱ぐ。中に着ていたTシャツを捲り上げると、想像していたよりもずっとしっかりとした筋肉がついている。デビュー作のドキュメンタリー動画で見たときから、かなり鍛えたようだ。

ぼうっと見上げる冬雪の視線に気づき、彼は小さく笑った。

「『不死蝶の唄』の詐欺師役、結構喧嘩とか立ち回りのシーンが多いんだよね。シャワーシーンとかもあるから、筋肉つけて引き締めておいてほしいって監督に言われてるんだ」

だから空き時間があるといつも筋トレしてる、と言われて納得した。

服を脱いだ彼の腕にはいつも着けているブレスレットがある。何か意味があるものなのかなとぼんやり考えていると、ふいに耀仁が訊ねてきた。

「雪くんはムキムキと細いのと、どっちが好き？」

「え……」

一瞬悩み、彼ならどちらでも格好いいと思ったが、そうも言い辛くて言葉に詰まる。表情から答えを読み取ったのか、答えてよ、と楽しげに笑って問い詰められる。

仕方なく「耀仁さんならどちらでも好きです」と正直に言うと、彼が良かったと満足げに笑い、熱っぽい口付けをしてくれた。

ささやかな会話をしながらキスを繰り返される。耀仁の恋人だった人たちは幸せだったのだろうなと蕩けていく頭の中で思った。

耀仁がボトルの蓋を開けてオイルを手に垂らし、それを冬雪の性器の根元から睾丸、そして後ろの孔にまでたっぷりと塗りたくる。膝を立てさせられ、「持っててね」と頼まれて片膝を抱えさせられ、恥ずかしい格好になるのを堪えた。

オイルでぬるぬるになった彼の指を、冬雪の後ろは意外にもすんなりと呑み込む。

「う……、ぅ」

中までオイルを塗り広げながら、時間をかけて二本、三本と指が増やされていく。

後ろをじっくりと指で慣らされるのは、奇妙な不快感があった。彼を拒みたくないのに、さすがに三本も男の指を挿れられるのは苦しい。気持ちが悪くて、指を抜いてほしくなる。

「すぐ気持ち良くするから、もう少しだけ我慢して？」

宥めるように額に口付けられ、冬雪は必死で耐える。嫌だと言わないように堪えていると、中で動かされていた耀仁の指が押した場所に、ふいに体が強張った。

「あ……、あき、ひとさん……っ、あっ、やっ、あぁっ」

そこを繰り返し擦られると、びくびくと全身が止めようもなく震えてしまう。

堪え切れずに漏らした冬雪の甘い声を聞き、彼は熱意を持ってそこを攻め立ててくる。

ふいに耀仁のもう一方の手が、放置されていた冬雪の性器に触れる。

「あっ！」

先ほどイく寸前まで高められたモノをゆるゆると根元から扱かれ、同時に中に押し入れた指までをも動かされる。

「ま、待ってくださ……っ、だ、だめ、それ、や……っ」

予想外の行動に、彼の腕に縋って止めてもらおうとするが「痛くはないよね？　大丈夫、怖くないよ」と囁かれるだけだ。それどころか、更にぐちゅぐちゅと音を立てて、いっそう激しく中をかき回されてしまう。

前と後ろを同時に弄られるごとに、体がたまらないほど熱くなっていく。いやいやと悶えても、もう駄目だと泣いても、いつもは優しい耀仁は熱を秘めた目で冬雪を見つめるばかりで、どちらからも手を引いてはくれない。

「あっ、ああっ……っ！」

あっという間に限界がきて、冬雪は自らの腹の上に蜜を零す。

まだ呆然としてはあはあと胸を喘がせる冬雪に、「良かった、ちゃんと出せたね」と囁き、耀仁がこめかみや目元に労わるような口付けをしてくれる。

「もういいかな……」

更に中にオイルを足され、達した体をびくつかせる冬雪をひとしきり悶えさせたあと、やっと後ろから指が抜かれる。

冬雪の腹の上は先ほど零した蜜でぐちょぐちょに濡れてしまっている。

潤んだ目でぼうっと見上げると、膝立ちになった耀仁がジーンズを脱ぐところが目に入った。彼の下着の前は大きく膨らんでいる。冬雪はしてもらうばかりで、彼に対して何もしていないというのに、耀仁がいつの間にかこんなにも興奮していたことに驚く。

下着を下ろしてあらわになった彼の性器は完全に上を向いていて、一瞬目を瞠るほど大きい。綺麗な色をしてはいるが、先端の膨らみも茎に浮き立つ血管も、冬雪の小ぶりな性器とは比べものにならないほど逞しい。

箱から出したゴムを着け、軽く扱く彼の手の動きを見て、冬雪の中ににわかに恐怖が湧いてきた。あまり現実的に考えてはいなかったが、彼との体格差と性器の大きさを目の当たりにすると怖くなってきた。なぜ耀仁がこんなに時間をかけて冬雪の後ろを指で慣らしてくれたのかがやっと理解できる。

今更ながら内心で動揺していると、耀仁が口の端を上げた。

「大丈夫だよ、そんなに怖がらないで……少しずつ、そっとするからね」

身を屈めて額に口付けられ、体を裏返しにされる。うつ伏せのまま腹の下にクッションを入れられると、腰が持ち上がってかなり恥ずかしい体勢になった。

冬雪の後ろから覆い被さった耀仁が、オイルで滴るほど濡れた後孔に、熱い先端を擦りつけてくる。

「息を吐ける？　もう少し体の力を抜いてみて」

耳の後ろに口付けられながら囁かれる。震えそうになる手に上から手を重ねられ、優しく握り込まれる。

必死で言う通りに従うと、手で尻肉を広げられて、中に昂ったものがじわじわと押し込まれてくる。枕にしがみつきながら、冬雪はその衝撃を必死に耐えた。

「う、ぅ」

根気よく、時間をかけて散々慣らしてくれたおかげか、切れたり、痛みで泣いたりするようなことはなかった。

それでも、指と性器の差は大きい。強烈な圧迫感とかすかな吐き気を堪えつつ、冬雪は深くまで耀仁の性器を呑み込まされる。

荒い呼吸をしながらでも、彼は無理に押し込んだりはせず、こんなときまで限りなく優しく冬雪に接してくれる。

痛みは？と訊かれて首を横に振る。苦しい？と訊かれて正直に頷いた。

「ゆっくりなら、動いてもいいかな？」

冬雪はぎこちなく頷く。大きなものに押し開かれていて苦しいけれど、耀仁に少しでも満足してもらいたかった。様子を見ながら浅く性器を抜き差しをされ、馴染んだところで彼がゆっくりと深く奥を突き始める。

「……っ、ん、ぁっ」

耀仁は、先ほどの冬雪が身を震わせたポイントを、張り出した性器の膨らみで何度も擦ってくる。ぐちゅっとオイルが擦れるいやらしい音が、冬雪の鼓膜を刺激した。

「ここ、いいんだね」

ホッとしたように囁いて、耀仁の動きが少しずつ速くなっていく。それと同時に、放っておかれた胸の尖りを指でそっと擦られて、全身にびくびくと痺れが走った。中に挿れられたまま乳首を弄られると、怖いくらいに感じてしまう。落ち着く間もなく腰を動かされながら、胸の尖りをきゅっと摘まれて、冬雪の前からぴゅくっと何かが零れた。

敏感なところばかりを重点的に刺激されて怖い。冬雪は顔を真っ赤にして腰を捩ろうとした。

「い、いや……、もうそこ、だめ……っ」

達して一度は萎えていた冬雪のものに、触れられていないのに、再び熱が灯っている。

「大丈夫、怖くないよ……」

宥めるように背後から抱き竦められる。甘い声で囁きながら、耀仁が冬雪の腰を掴み、いっそう奥へと先端を押し込んでくる。

「あう……っ、ん……っ」

深く繋がったままゆるゆると腰を揺らされ、されるがままになりながら、冬雪はただ熱い息を吐くことしかできない。

「雪くん、ああ、可愛いな……もっと、もっと感じて……？」

耀仁がかすかに上ずった声で囁き、後ろからこめかみや耳朶に何度も口付けてくる。彼が腰を突き入れるたびに、たっぷりと使われたオイルが冬雪の中から溢れて、ぐちゅぐちゅと淫らな音を立てている。

「んあ……っ」

深く突かれて仰け反ると、あやすように大きな手で体を撫でられる。

耀仁は冬雪の反応をよく見ていて、少しでも反応したところは執拗に攻めてくる。それでも、過剰に辛かったり痛みを感じることのないように注意を払ってくれているのがわかる。

そんなふうにされると、まるで、彼に愛されているような錯覚を覚えてしまう。

後ろに大きなものを呑み込まされているせいか、体が熱くてたまらない。怯えたように竦んでいた中が、だんだんと彼の性器に馴染んでいく。性器で中を擦られるごとに、いつしか冬雪の中から苦しさは薄れ、快感のほうが大きくなり始めた。

「雪くん……、雪くん……っ」

何度も情熱を込めて名を呼ばれる。彼の熱に溺れているうち、だんだんとなんのためにこうしているのかが冬雪の中で曖昧になってきた。

「雪くん、ごめんね、ああ……泣かないで」

初めての体に与えられる過剰な刺激に、目からは勝手に涙が溢れ出す。

耀仁が謝罪しながら、気遣うように指で涙を拭ってくれる。

「はぁ……っ、あ、あ……ん」

泣きながら喘ぐ冬雪を背後から抱き締め、耀仁は次第に深くまで抉るように突いてくる。ずぶずぶと猛々しいもので貫かれ、激しく揺らされ続ける。

頭の芯がぼうっとなり、えも言われぬ刺激で冬雪の全身が痺れたようになった。

「あっ、あぁっ！」

堪えることもできず、冬雪はぽたぽたと前から二度目の蜜を垂らす。

「……初めてなのに、上手にイけたね」

偉いよ、と優しく褒められて、羞恥と喜びで頭がぼうっとする。

彼は冬雪のひくつく昂りを扱き、最後まで雫を出させてくれる。

出し切って冬雪の前はすっかり萎えているのに、中にいる耀仁は硬いままだ。

「そろそろいいかな……」

小さく呟いた彼が、冬雪の腹に腕を差し込み、繋がったままゆっくりと体を起こす。

「あ、あっ！」

ずぶりとこれまで以上に奥まで性器を呑み込まされ、冬雪は悲鳴のような声を漏らす。

背後から抱えられる体勢で数度下から突き上げられて、「雪くん、こっち見て」と命じられる。

ぎくしゃくと首を捻り、涙に濡れた目を彼のほうに向ける。目が合った瞬間、噛みつくように口付けられ、それと同時に、彼が冬雪の胸元にひたりと手を触れさせた。

（な、なに……!?）

濃密な口付けとともに、唐突に、力いっぱい体を突き飛ばされたかのような強烈な圧力を感じた。

受け入れて、という囁きが聞こえるとともに、全身の血が沸騰したかのように熱くなる。

意識が朦朧としていく中で、これは、昼間失神したときに感じたものと同じだと気づく。

（……耀仁さんの気が、俺の中に……）

動きを止めた耀仁の体が強張り、痛いくらいにぎゅっと背後から抱き竦められる。

気を分けた冬雪の体の奥に、彼がどくどくと熱いものを注ぎ込んでくる。ゴム越しなのに酷く熱く感じられ、冬雪は恍惚となった。

心臓が破裂してしまいそうなくらいに激しい鼓動を刻んでいる。

やっと繋がりを解いた彼が、ゆっくりと冬雪をシーツの上に寝かせる。

仰向けの体勢になり、陶然と蕩けた視線で見上げていると、ふいに真剣な顔で、耀仁が顔を寄せてきた。

「……責任は、ちゃんと取るから」

彼が何か囁く。しかし、言われた言葉の意味がわからず、冬雪はただぼんやりと目の前の男を見つめる。

熱っぽい口付けが降ってくる。唇を重ねられながら、また何か言われたが、疲れ切った冬雪にはもう何も考えることができない。

胸の辺りが不思議な熱でじんじんしていることだけはわかる。

冬雪が意識を保つことができたのは、そこまでだった。

＊

三善が迎えに来る時間になり、玄関に出て靴を履いた耀仁は、どこか憂い顔だ。

いつもなら元気いっぱいなポメ吉も、なぜか今日は冬雪の腕の中でうとうとしている。

「バイト、気をつけて行ってきてね。何かあったらすぐ連絡して。撮影中でも三善にスマホを渡して知らせてもらえるようにしておくから」

今日は冬雪の二度目の出勤日だ。耀仁に『気を分けて』もらってから、外に出ても一定時間は襲われずに済むとわかると、冬雪はすぐにアルバイトを探した。しかし、まだ気がかりなのか、耀仁は不安顔だ。少しでも自分の手で稼げることは嬉しいけれど、忙しい彼に心労を負わせてしまい、冬雪は申し訳ない気持ちになる。

「大丈夫です、終わったら今日もスーパーに寄るだけで、あとはまっすぐ帰ってきますから。美味しいごはん作って待ってますね」

なるべく明るく聞こえるようににっこりして言うと、まだ何か言いたそうだった耀仁は言葉を呑み込んだらしい。冬雪の頬に触れて、彼は苦笑する。

「……ここのところ、表情が明るくなってる。バイトが決まったの、そんなに嬉しいんだね」

腰に手を回されて優しく引き寄せられ、そっと唇を重ねられた。

どきっとしたが、腕の中のポメ吉を起こしてしまわないように気をつけながら受け入れる。愛おしむように軽く啄むだけで唇は離れる。唇がかすかに温かくなり、ただのキスではなく今また少し気を分けてくれたのだとわかった。

「……これはお守りだから」

耀仁はまだどこか心配そうな顔で冬雪の髪を撫でる。

本当に気をつけて、と言い、彼は後ろ髪を引かれるような顔で出かけていった。

冬雪が迷子犬を保護しようとマンションの裏門を飛び出し、危うく命を落としかけてから一週間が経った。

耀仁が叔祖父から教えられた、千年近く前の守護の方法には、本当に効き目があった。

耀仁に抱かれて『気を分けて』もらったあと、確認のために彼のマンションの外に足を踏み出してみたが、いつものように冬雪の元に黒いもやもやたちが集まってくることはなかったのだ。

「もう少し確認してみたほうがいい」と言われ、何日か、すぐに駆けつけられるところに耀仁が待機している状態で、時間を置いて試してみた。すると、日付が変わる頃に気を分けてもらったとすると、その後、だいたい夜が明けた翌夕方くらいまでは効果が続くらしいとわかった。

つまり、夕方六時くらいまでの間、冬雪は奴らに襲われることなく外に出られる自由を得られたのだ。

（すごい……！　耀仁さんのご先祖様、そして調べてくれた叔祖父様、ありがとう……!!）

冬雪は耀仁の先祖にも彼の叔祖父にも、それから耀仁本人にも深く感謝していた。

いつどこからもやもやたちが集まってくるかと怯えずに済む暮らしは、最高だ。

その暮らしを手に入れてから、真っ先に冬雪は、すでに求人サイトで目をつけていたアルバイトに応募することを決めた。

気になっていたのは、居候先のマンションから徒歩で行ける距離にある、リハビリテーション病院の調理補助の仕事だ。

もし個人経営の店で働いた場合、また自分が入ったことで不幸を呼び込み、閉店させてしまうのが怖かった。だが、区営の施設ならばそう簡単に潰れることもないはずだ。

事前に耀仁に相談すると、「外で働く必要なんてないのに」と困った顔をされた。しかし、調理補助の仕事は、週三回、朝十時からの五時間勤務で、まだじゅうぶんに耀仁の守護があるうちに帰れる。その上、これまで通り、ポメ吉に夕飯をあげるのにも影響はないし、耀仁の夕食作りにも間に合う時間帯での勤務だ。そう説明して、どうしてもと頼むと彼は渋々納得してくれた。

人手不足だったらしく、ウェブサイト経由で応募すると、とんとん拍子に採用が決まった。

飲食店の厨房の仕事は経験があるが、病院の調理場での仕事は初めてなので、一から学ばなくてはならない。幸い先輩たちは冬雪より年上の主婦層がほとんどで、皆丁寧に仕事を教えてくれる。

そして今日も、バイトを終えると、地元のスーパーに寄り、まだ明るいうちにマンションに帰り着く。留守番をしていたポメ吉におやつをやって、しばらく遊んでやる。

夕食を作り始めながら、冬雪は頭の中でバイトのシフトを思い浮かべた。

（次の勤務は明後日だから……明日の夜には、耀仁さんにお願いしなくちゃ……）

命の危険なく外に出られて、しかも働けるという嬉しさで、冬雪は深く考えていなかった。

——週三回バイトに出るとなると、その前日には耀仁に必ず『気を分けて』もらわなくてはならない、ということに。


昨日の夜、帰宅した耀仁からバイトの勤務日を確認されて、すぐに部屋に連れていかれた。

「だって、気を分けておかなきゃバイトに行けないよね？」と言われて、ようやくそのときに冬雪は、シフトの前日に彼に抱いてもらわなくては、安全に外に出ることはできないと気づいたのだった。

耀仁はまったく厭わずにまた性交をしてくれたけれど、もし彼に断られれば、冬雪はバイトを続けることはできない。仕事を切望した自分のせいで、祈祷をしてもらえるまでの間、週三回の行為が必須となってしまったことに愕然とした。

「僕は構わないよ。なんで謝るの？」と耀仁は不思議そうで、義務感のかけらも気づかないほど優しく、いつも情熱を込めて冬雪を抱く。

こんなにたびたび気を分けてもらい、彼は大丈夫なのかと心配になったが、耀仁によると、この程度なら毎日分けても全く問題はないらしい。

（本当に、耀仁さんは優しい人だよな……）

一週間前、初めて冬雪に気を分けてくれた翌朝のことを思い出す。

朝食後に耀仁は「あっ！」と声を上げ、冬雪が三善に頼まれて冷蔵庫に入れておいた箱を取り出した。

中身は生クリームとイチゴをたっぷり使った洒落たデザインのホールケーキ。プレートには『Ｈａｐｐｙ Ｂａｒｔｈｄａｙ冬雪』とチョコレートのペンで書かれている。

「昨日、誕生日だったよね？　お祝いしようと思って予約しておいたんだけど、ごめん、昨夜はいろいろあったから、それどころじゃなくなっちゃって」とすまなそうに言われて、冬雪はとっさには言葉が出ないほど驚いた。身元の確認で健康保険証を見たとき、彼は冬雪が今月誕生日であることに気づいたらしい。

自分ですら忘れていたほどだ。それなのに、まさか、彼が冬雪の誕生日を覚えていて、祝ってくれようとするなんて――。

消費期限は昨日までだから、今日また新しいのを買ってくると言われて、冬雪は慌てて「買い直さなくていいです」と彼を止めた。

本当にいいの？と彼は困り顔で、ケーキに蝋燭を立てて火をつけてくれた。どきどきしながら願いごとをして火を吹き消すと、「一日遅れだけど、誕生日おめでとう」と耀仁が微笑んでくれる。それから、ケーキを朝食代わりにして一緒に食べた。

「プレゼントに欲しいものあったら考えておいて」と言われたけれど、これ以上望むものなど何もない。

施設で育った冬雪にとって、誕生日といえば、同じ月生まれの子供をまとめて祝うのがお決まりだった。祝うのは常に誕生日当日ではなく、ケーキも自分だけのためのものではないのが普通だ。

自分だけに向けてくれた耀仁の祝いの言葉と笑顔。わざわざ予約してくれたケーキ。予想外のことに、感激で胸がいっぱいになる。

生まれてから一番幸せな、最高の誕生日だった。


襲われずに外出できる自由を得てからも、もちろん気を抜くわけにはいかなかった。

耀仁のマンションは、本棟から通路で繋がった先に小さなゴミ捨て専用の建物があり、そこにいつでも分別したゴミを捨てていいことになっている。これまではそこにすら出られず、彼が捨てに行ってくれていたのだが、今後は自分が行くと伝えてある。

そうして、先日の日暮れ前、ゴミ袋がいっぱいになったことに気づいて、冬雪はゴミをまとめて部屋を出た。ポメ吉がついてきたがったけれど、片手に小型犬を抱き、片手にゴミ袋を持つのは大変そうなので、ごめんねと謝って留守番してもらう。

もうすぐ守護の効力が切れる頃だが、すぐそばだし大丈夫だろうとのんきに考え、ゴミを捨て終えて部屋に戻ろうとしたときだ。隅からぞわぞわと黒い何かが湧いてきて、一気に血の気が引いた。

全速力で本棟に駆け戻り、そのときは事なきを得たけれど、自然の強力な結界に守られているのはこのマンションの中だけなのだ、と改めて思い知った。

久し振りに遭遇した黒いもやもやは、怖気が立つほど恐ろしかった。

日常的にあんなものにまとわりつかれていたなんて、今では信じられないほどだ。

(耀仁さんの守護が切れたあとは、ぜったいにマンションから出ちゃ駄目なんだ……)

そのことを肝に銘じ、冬雪は安全な日々を堪能しながら、ひたすら完全に解放される日を待ち望んでいた。


耀仁の態度は、最初に気を分けてもらったあの日から、じょじょに変化していった。

最初は出かける前に「お守りだよ」と言って追加で気を分けるキスをされる程度だったが、そのうち、冬雪が調理補助の仕事を始めると、帰ってくるなり「無事で良かった」と言われて抱き締められるようになった。

まるで、熱愛中の恋人に対するような態度だ。

更には風呂にも一緒に入りたがるし、ソファに座るときは背後から抱え込まれ、椅子で向かい合うと手に触れられる。挙げ句の果てには、ポメ吉が冬雪の膝の上に乗っていると、「お前は昼間も雪くんといただろ」と言って、小さな愛らしい犬相手に本気で張り合う始末なのだ。

更に不思議なのは、冬雪が翌日にバイトのシフトが入っておらず、気を分ける必要のないときでも、「今日もしたい。いい?」と訊かれて、ベッドに連れていかれることだった。

シフトが入っていない日の前夜には、抱かれる必要はない。

「万が一、雪くんが外に出たくなったときのために」と言われたけれど、何度も痛い目を見て冬雪も多少は学んだから、そうそう無茶をする。

手や頬に口付けたりなども、ただの居候にする必要はないはずだ。特別な触れ方をされるたび、最初は驚いていたけれど、それが日常茶飯事となった頃、彼の行動の理由に気づいてすんなりと受け入れられるようになった。

――どうやら耀仁は、恋人同士の芝居を続けているだけだ、とわかったからだ。

優しい彼はおそらく、気を分けるために抱くときにだけ恋人の振りをする、という即物的なやり方はしたくなかったのだろう。だから、この部屋にいるときはずっと、『冬雪は恋人である』という設定で、芝居をしているとしか思えないのだ。

先日は、出かける前に冬雪にキスをして「仕事に行きたくないって思ったの、初めてだ」とぼやいていた。普段、愚痴を言うことのない彼が、真顔で「朝から晩まで雪くんと一緒にいたいし、美味しいごはん食べてセックスして、家でごろごろしていたい」などと言うから、具合が悪いのかもと心配になり、とっさに額の熱さを測ってしまったほどだ。

更に、気を分けてくれるためのベッドの上では、「雪くん、僕の気持ち伝わってる？」とたびたび訊いてくる。

最初は体を重ねた日からの彼の変化にかなり戸惑ったし、一日中、伝えられた言葉の意味を考えてしまったりと、冬雪も混乱していた。

だが、どうやらこれは、最初の夜の芝居の続きなのだと気づくと、むしろ納得して、肩から力が抜けた。

それ以来、彼の過剰なまでの愛情表現や問いかけにも、余裕を持って笑顔を作り、返事ができるようになったと思う。

（ちゃんと、伝わってますから）

――耀仁が自分を好きになるなんてありえない。

本来、縁もゆかりもない自分を部屋に置き、芝居とはいえこんなに大事に扱ってくれることにただただ感謝している。

しかも、『雨宮耀』の恋人役なんて、望んだところで手に入れられる役柄ではないのだから。

彼の叔祖父に祈祷をしてもらい、安全で自由の身になれたら、彼も自分などを相手にこんな芝居をする必要はなくなる。

そう考えを切り替え、冬雪はできる限り耀仁の演技に合わせるように努めながら、ひとときの切ない幸福を噛み締めていた。

＊

「心配だなあ……ね、今からでもいいから、やっぱり一緒に行かない？」

出発の時間が近づいているというのに、居間で訊ねてくる耀仁は憂い顔だ。

今日から五日ほど、彼は出身地でもある京都で新しいＣＭとドラマ撮影の予定が入っているのだ。

冬雪が彼の部屋に居候するようになってから、もう一か月半ほどが経っている。先月、そのスケジュールが確定してすぐに、耀仁は「雪くんも一緒に行こう」と言い出した。ポメ吉は前のペットシッターに頼めるし、新幹線もホテルの部屋も手配する。昼間は仕事だけど、夜は一緒にいられるし、耀仁が仕事の間は付き人としてそばにいれば安全だ。少しなら観光もできるから案内するよ、と誘われて、冬雪は悩んだ。

もちろん、耀仁のそばにいたいのは山々だ。それに、冬雪は旅行や観光なんて小中学校の修学旅行でしか行ったことがない。耀仁と一緒に彼の地元を旅できるなんて夢のようだ。

大変に魅力的な誘いだったけれど、二人とも留守にするとポメ吉が寂しがるかもしれない。それに、少しでも彼の仕事の負担になったらと思うと気が引けた。

散々悩んだ挙げ句に「すみません、俺、マンションでポメ吉と留守番してます」と伝えると、耀仁はあからさまにがっかりした顔をしていた。

「離れるのは本当に心配だよ。日帰りできない距離じゃないけど、スケジュールが詰まっててそう簡単には戻れそうにないし」

「大丈夫です、今日食料品の買い出しに行ったら、そのあとはもう部屋から出ないようにしますから。耀仁さんは安心してお仕事頑張ってきてください」

ポメ吉が同意を示すみたいに、アン！と足元で鳴く。

置いていく冬雪とポメ吉を交互に見て、耀仁は余計に不安そうな顔になった。

昨夜は、散々「ねえ、一緒に行こうよ」「僕と京都旅行したくないの？」とねだるように誘われながら、三回も抱かれた。体はくたくただが、じゅうぶんに気を分けてもらえたので、今日の夕方までは安全な身のはずだ。

彼がいないとなると、その間冬雪は外に出られず、バイトは休まなくてはならない。主婦が多く、家庭の事情に応じて毎週ごとにシフトを組んでくれる職場なので、快く休みをもらえたのがありがたかった。

「心配だから三善を置いていきたいけど、今回はスケジュール管理の都合上、どうしても彼も同行しなくちゃならなくて」

苦い顔で耀仁は言う。更に三善には、祖父に金を支払ったあと、一緒に叔祖父のところに祈祷の依頼をしに行ってもらうという大切な予定もあった。

「初日の夜に実家に行って、祖父に要求されてた金を払ってくる。それから叔祖父に会って、正式に祈祷を頼んでくるよ。無事に成功しさえすれば、雪くんはもう危険のない暮らしを送れるはずだから」

邪のモノの執着を断ち切ってもらえたら、これ以上居候を続けずに済む。待ち望んだ話だったけれど、なぜだか冬雪は胸がぎゅっと苦しくなった。

「毎晩連絡するから、ともかく、僕が留守の間はぜったいに部屋から出ないようにね？」と、重ね重ね注意される。

迎えが来るぎりぎりの時間まで耀仁は冬雪を抱き締め、セックスのときしかしないような濃厚な口付けを続けた。舌を搦め捕られてきつく吸われ、唾液まで飲まれてしまい、顔が真っ赤になる。

立ってさえいられなくなった冬雪をソファに座らせ、額にキスをしてから「じゃあ、行ってきます。ポメ吉、頼んだぞ？」と心配そうに言い置き、耀仁はスーツケースを引いて出かけていった。

カレンダーを眺めながら、祈るような気持ちで、冬雪は時間が過ぎるのを待った。

（耀仁さんが帰ってきてくれるまで、あと一日……）

彼と離れて四日経った。

初日には約束通り、彼が留守の間買い物にでなくて済む程度に食材を買い込み、それからはずっと部屋に籠っていた。

安全なこのマンションの中にいれば、耀仁と離れていてもなんの問題もないと、冬雪は思い込んでいた。

しかし、彼が京都に発《た》ったその翌日から、おかしなことが起こり始めた。

ルーフバルコニーのフェンスに、一羽の鳥が止まるようになったのだ。

ポメ吉がやけに吠えるので気づき、珍しいな、と思うだけで最初は気にせずにいたのだが、翌日から、止まる鳥の数は二羽、三羽と増えていった。

だんだん怖くなってきた頃、これは普通の鳥ではない、とようやく気づいたのは、そのうちの一羽の足が三本あるのが目に入ったときだった。

三本足なのは、架空の鳥といわれる八咫烏だ。

しかも、ずらりとフェンスに並んで止まった鳥たちは、外ではなく、なぜかこちらを——冬雪のほうをじっと見ているのだ。

恐ろしさに冬雪は昼間からカーテンを閉め切るようになった。また鳥たちが見ているかもと思うと、居間にいることもできなくなる。

ポメ吉のごはんだけはどうにか準備して、あとは極力自分の部屋に籠もる。特に実害はないものの、ずらりと並んでこちらを射貫くように見つめる姿には、なぜか悪意のようなものを感じた。もしカーテンを開けてまたあの烏たちがいたら、恐怖のあまり卒倒してしまいそうだ。

耀仁は毎晩、何か問題はないかと連絡をくれていたが、彼は仕事で出かけている身だ。

しかも、忙しくしているその合間に祈祷の依頼にまで行ってくれる予定なのに、自分のことで煩わせるわけにはいかない。

「大丈夫です。ポメ吉と帰りを待ってますね」と返すのがせいいっぱいで、冬雪はポメ吉を抱き締めて恐怖をやり過ごし、ひたすら耀仁が戻ってきてくれる日を待ち侘びた。

恐怖でろくに食事も喉を通らず、烏たちに怯えながら、冬雪は耀仁の帰りを待った。ポメ吉に食欲があり、元気に甘えてくれるのにただただ救われた。

待ちに待った連絡がきたのは、彼が出かけて五日目の午後だった。

『今日帰るよ。撮影が巻きで進んだから夕方には都内に戻れそう。もうすぐ新幹線に乗るから、降りたら電話する』

お土産も美味しいものをたくさん買ったよ、早く雪くんに会いたい、と書かれている耀仁からのメッセージを見て、冬雪は安堵のあまり泣きそうになった。

ずっと一人きりで、何度も死にかけながらどうにかして生きてきたから、何かを恐れる気持ちも麻痺していた。

一度、耀仁の深い懐に入れてもらい、宝物のように大切に扱われて守られる経験を知ってしまった今となっては、敵意や悪意に人並み以上の恐怖を感じて、死ぬのも怖くなる。

（耀仁さんが帰ってくる前に、ちゃんとしておかなくちゃ……）

もうすぐ彼が帰宅するのだと思うと元気が出た。久し振りに風呂に入り、部屋を隅々まで掃除する。それから、心を込めて彼の好物のメニューを作った。

何度も時計を眺めては、もうそろそろ新幹線が都内に着く頃になると、嬉しくてそわそわしてきた。

部屋は綺麗に整えたけれど、ずっとカーテンを閉めたままのせいで、観葉植物に元気がない。いくらなんでもこれだけ時間が経っていれば、もう烏たちはいないだろう。枯れてしまったら可哀想だし、少し日光に当ててやらなければ。

そう思い、冬雪は外の様子を窺いながら、そろそろと居間のカーテンを開けた。

「……ひっ⁉」

そっと隙間から覗くと、いた。真正面のフェンスに、よりによってあの三本足の烏が止まってこちらを見ている。

しかも、その烏は額にも目のようなものが見える。

第三の目を持った三本足の異様な烏は、冬雪と目が合うと、ガアガア!!とだみ声で鳴き、その場で威嚇するように漆黒の羽を荒々しく羽ばたかせた。

更には呼びよせられたかのように、周囲から別の烏までもが集まってきてフェンスに止まる。

烏たちの大群は今にも窓ガラスを割って室内に飛び込んできそうだった。

信じ難い状況に、冬雪の恐怖は限界に達した。

「ぽ……ポメ吉、おいで、逃げなきゃ」

腰を抜かすようにその場に尻もちをつくと、這って逃げながら、ポメ吉を呼ぶ。

すぐに寄ってきたポメ吉を抱え、がくがくする足で立ち上がると、財布とリードだけを掴んで部屋を飛び出す。

この子だけは守らなければならない。冬雪は安全な場所を目指して必死に走った。

久し振りに現れた小さな黒いもやもやが嬉々とした様子でぽつぽつと体にまとわりついてくるのを、必死で払い除けながら進む。

階段を駆け下りてマンションを出ると、安全な場所はもう一つしか思い浮かばなかった。

(耀仁さんを迎えに行こう)

耀仁のマンションから最寄り駅までは徒歩十分ほどの距離だ。比較的大きな駅で、新幹線も停車する。

もうすぐ着く時間だから、駅で待っていればいい。

鳥の大群に囲まれたマンションに戻るより安全なはずだと、冬雪はきょとんとしたポメ吉を抱いて駅を目指した。

新幹線乗り場まで行くため入場券を買おうとしたとき、ふとポメ吉を抱っこしていては改札を通れないことに気づく。

「ここで待っていようか」と冬雪は腕の中のポメ吉に話しかける。

平日の日中なので、人の行き来はそれほど多くはない。寄ってくる黒いもやもやも小さいものばかりだから、すぐに追い払っていればなんとか待てそうだ。スマホを持ってこなかったことが痛いが、最寄りの改札にいればすれ違うこともないだろう。

冬雪が明るいここで待っていようと決めて、今更ながらポメ吉に持ってきたリードをつけておこうとしたときだ。

ぞわっと寒けがして振り向くと、背後から大きな黒いかたまりが近づいてくるのが見えた。

急いで逃げようとする足に、地面から這い出てきた手のようなものが絡みついてくる。

ポメ吉が激しく吠えて、冬雪の腕の中から飛び降りる。その瞬間、ポメ吉の体がぽんと膨らんで大型犬の姿になり、冬雪は腰を抜かしそうになった。

(えっ、ええっ!? な、なんで!)

巨大化したポメ吉には、どこか見覚えがあるが、とっさに思い出せない。

「おい、犬が暴れてるぞ!」

通行人の中には、幸い変身の瞬間を見た者はいなかったようだが、他の人々には邪のモノたちは見えず、ただ大型犬ががうがうと吠えているように見えるのだろう。

ポメ吉は、大小のもやもやに噛みついては、次々と消滅させていく。

(すごい……!!)

すべての邪のモノを噛み消したポメ吉を、動揺しながらも冬雪が褒めようとしたときだ。どこからともなく更に多くのもやもやが集まってきて、まるで一つのかたまりのようになり、冬雪の全身をすっぽりと包み込んだ。

そのまま、ずるずると改札の中に連れていかれる。駅員も通行人たちもなぜか冬雪に気づかず、止めようともしない。

ただ、吠えながら急いで追いかけてこようとしたポメ吉が、「迷子か?」と言う通行人に止められ、行く手を遮られているのが目の端に映った。

その子は、耀仁の大事な愛犬だ。すぐさま迎えに行こうとしたが、無理だった。

足が浮いたような状態で、冬雪は抗いようもなく邪のモノたちに引きずられていく。

着いたのが、快速電車の停まるホームだと気づいて、血の気が引いた。

(いやだ……そっちには、いきたくない……!)

誰にも見えない幽霊のような状態のまま、冬雪はホームの端に連れ出された。

もうじき快速電車が到着するというアナウンスが流れる。

奴らは、冬雪をあちら側に連れていきたくてたまらないのだ。

ホームに入ってくる電車の先頭が見えて、動かせない体が強張る。心の中で、耀仁のことを思い浮かべた。

(耀仁さん、助けて……)

突然、金属音にも似た音が響き、冬雪めがけて黒い物体がものすごい勢いで突っ込んできた。

鳥だ、と思い、恐怖からとっさにぎゅっと目を閉じる。風がすり抜け、冬雪の身をすれすれで掠めていくと、唐突に体が自由になる。冬雪を包み込んでいた巨大な邪のかたまりは、なぜか瞬時に消え去った。

へなへなとホームぎりぎりの場所にへたり込んだ冬雪の腕を、誰かがぐっと掴む。

引き寄せられた瞬間、快速電車がホームに滑り込んできて、冷や汗が滲んだ。

「危ないだろう。こちらへ」

渋い色の袴に羽織を着た男性が、冬雪を支えてホームの中央にある椅子まで連れていく。

辺りを見回しても、鳥の姿も黒いもやもやの姿ももうどこにもない。

「あ、ありがとうございました」

礼を言って、冬雪は助けてくれた男性に深く頭を下げる。見上げると、品のある長身の男性は四、五十代くらいで、やけに鋭い目をしてこちらをじっと眺めている。

一瞬、その肩に鳥が止まっているように見えて、冬雪は目を疑った。

もう一度見ると、鳥はいなくなっている。気のせいだったのかと動揺していると、「雪くん!!」とどこかから呼ぶ声がした。

「あ……耀仁さん!?」

階段を駆け上がってきたのは、大きめのショルダーバッグを肩にかけ、険しい表情をした耀仁だった。その腕の中には、いつも通りの小さい姿に戻ったポメ吉がちょこんと抱っこされている。

それを見て、冬雪は安堵で全身から力が抜けるのを感じた。

駆けよってきた彼は冬雪を強く引き寄せると、大丈夫?と訊ねる。冬雪がこくこくと頷くのを見てから、自分の後ろに隠すようにして、和装の中年男性との間に立ちはだかる。

何が何やらわからずにいると、彼は目の前にいる男性に向かって言った。

「……祖父さん、なぜここに?」

(じ……祖父さん!?)

冬雪はぽかんとした。耀仁の祖父なら、どんなに若くても六十代のはずだ。

だが、やや厳しい表情をした男性の顔にはしわもほとんどなく、耀仁の父親と言われてもまったく違和感はない年齢に思える。

「所用でこちらに来たから、お前が留守にしている間、鳥たちにマンションを警護させていただけだ。ついでに、件の相手の顔を見ておこうかと思ってな」

一条院家の現当主であり、当代きっての陰陽師でもあるという耀仁の祖父——一条院光延《こうえん》は、威厳を感じさせる声で言う。

「世話係から僕が実家に行く日は伝えられていたはずだ。それなのに、留守にしていた上、どうして上京しているんだ」

「話は聞いたが待っていると言った覚えはない。それに、上京したのは仕事の依頼が来たからだ。孫が家業を手伝わないおかげでいつまでも引退できず、私が足を運ばなくてはならなくてな」

いちいち棘のある口調で光延は言い放つ。耀仁はぐっと言葉に詰まったが、負けずと更に続けた。

「雪くんが怯えてる。あんたが何か脅すような真似をしたんじゃないのか」

冬雪はあっと思い、「い、いえ、違うんです、耀仁さん」と急いで口を挟んだ。

「お祖父さんは……さっき、俺を助けてくださったんで」

駅で悪霊に捕まって死にそうになったところを、彼の祖父は助けてくれた。しかも、まさか烏たちが自分を守ってくれていたとは知らず、冬雪は勝手に怯えてマンションを飛び出したのだ。

その話を聞いても、まだ半信半疑の耀仁は、祖父への警戒を緩めようとはしない。

「侮辱は許さないぞ。お前が我が弟に祈祷を頼んだというから、ならば京都に戻る前にお前とこちらで話そうと思っただけだ」

耀仁と祖父が向き合っていると、この場に人気俳優がいることに気づかれ、じわじわと周囲に人が集まり始める。写真か動画を撮るつもりなのか、こちらにスマホを向ける者も見えて、冬雪は冷や汗が滲むのを感じた。

耀仁の祖父もその状況に気づいたらしく、顎で耀仁たちを促す。

「ここで話すようなことではないな。すぐに済むからお前のマンションに行こう」

たとえ祖父の行動に苛立っていても、これ以上人目を引きながら駅で揉めるのは得策ではないとわかっているのだろう。

耀仁は固い表情のまま頷き、ポメ吉を抱いているのと反対側の手で、冬雪の手を握った。


気まずい空気のまま、三人と一匹はマンションに着いた。

二人きりで話したほうがいいだろうと思い、冬雪は茶を出したらすぐに、ポメ吉とともに自室に籠もろうと思っていた。

失礼のないよう、一番いい玉露を温度に気をつけながら、丁寧に淹れる。居間に運んでいくと、光延はソファに腰を下ろし、耀仁は落ち着かないのか窓を背にして立っていた。

茶を置いて、冬雪が下がろうとしたとき、光延が口を開いた。

「……お前が金を払いに来たことは聞いた。二億は決して簡単には稼げない額だが、ずいぶん早く貯めたものだな。そんなに急いで縁を切りたいか」

(に、二億!?)

皮肉でもなく、光延は淡々と話す。

光延が耀仁に要求していた衝撃的な金額を知り、冬雪は震え上がった。

ちらりと冬雪に向ける目力の強さに、緊張が走る。

「光祥《こうしょう》に祈祷を頼んだのはこの者についてだな。『どうしても救いたいから、どうにか私に頼んでもらえないか』という打診のことも、すでに伝わっている」

予想外の言葉に冬雪は驚いた。

耀仁は、折り合いの悪い祖父に、無理を承知で祈祷を頼もうと手を回してくれていたのだ。

「この者に憑いているモノどもは、あいつには手強いだろう。私が引き受ける」

意外な光延の言葉に、難しい顔で腕組みをしていた耀仁は、驚いたように目を見開く。

「え……本当に？」

「ああ。何やら、ずいぶん根深いものを背負っているようだな。私の目の前で連れていかれかけた。そうか……どうも、この者の前世は人ではないようだ」

『人ではない』という言葉に、心臓が縮み上がった。

眇めた目でじっと冬雪を射貫き、どこか遠くを見るようにして光延は言う。

（やっぱり、俺……前世では、あの黒いもやもやのうちの一匹だったんだろうか……）

冬雪が密かに思い悩んでいると、耀仁は言った。

「彼は、本当に命の危機に晒されている。もし引き受けてくれるなら、恩に着るよ」

前世の話に動揺しつつも、もしかしたら、光延はいい人なのかもしれない、と冬雪は思い始めていた。

しかし、光延の意図はそんな生優しいものではなかった。

「ただで、というわけではないぞ。私に頼みごとをするなら、一族と縁を切るために支払ったのと同じ額を依頼料として払うんだな」

同じ金額というと、まさか、更に二億円を要求するというのか。

自分では一生かかっても払い切れないほどの高額な祈祷料を提示され、冬雪は青褪めた。

「ふざけるな、急いでるんだ!!　彼の命がかかってるんだぞ!?」

耀仁はカッとなって声を荒らげる。

「ならば、諦めろ。光祥や一族の他の者に勝手に頼むことも許さん」

孫を冷ややかな目で見て、光延は言い放った。

「ただし、お前が家に戻り、修行をやり直して家業を継ぐというなら、ただで引き受けてやってもいい。先日置いていった金も、全額返そう」

そう言うと、光延は冬雪の淹れた茶をゆっくりと飲む。全て飲み干すと、静かに立ち上がって玄関のほうに向かう。

「……父さんがなぜ死んだのか、どうやって追い詰められていったのか……あんたを見ていると、よくわかるよ」

耀仁がその背中に向かって吐き捨てるように言った。

足を止め、光延が振り向く。

「あいつが死んだのは、修行も済ませていない身でありながら、分不相応なモノに手を出した愚か者だったからだ」

「違う！　父さんが死んだのは、あんたのせいだ！」

厳しい声で耀仁は反論する。

「昔のことをよく知っている父の世話係だった人が教えてくれた。父さんは、恋人との結婚を散々反対されて家を出ようとしていたのに、子ができたと知るや否や、恋人もろとも強制的に家に連れ戻された。だけど母さんは、僕を生んだあとも、外国人だったことで一族にとけ込めず、疎外されて苦しみ、結局、逃げるように国に帰ってしまったんだろう」

（耀仁さんのお母さんは、外国の人だったのか……）

彼の日本人離れした容貌の理由に納得しつつ、祖父との断絶の理由に、冬雪は胸が痛むのを感じた。

「絶望しながらでも、父さんは家業を継いで母さんを迎えに行くために努力していたっていうのに、あんたは少しも彼を認めようとはしなかった。だから、どうにかしてあんたと対等に話したくて、精神的にぼろぼろになりながらも無理な依頼を引き受けたんだ。残された僕は、一族の者たちからは神童と呼ばれていたけれど、あんたにだけは一度も褒められたことはない」

憤りを込めた目で光延を睨み、耀仁は言った。

「……生涯、たった一つだけの願いだ。彼の祈祷をして、呪いを消し去ってくれたら、もう何も望まない。一族に迷惑をかけることも、二度とない」

立ち竦んだまま、冬雪は二人のやりとりを息を詰めて聞いていた。

「……家を出た孫の頼みなんか、あんたには、どうでもいいことかもしれないいな」

光延が無言でいるのを答えだと思ったのか、彼から目をそらして耀仁はぼそりと呟いた。

しばらく黙ったあと、何も言わないまま、光延が部屋を出ていく。どうしていいのかわからず、冬雪は急いで玄関まで見送りに出た。

「あの……タクシーをお呼びしましょうか？」

おずおずと冬雪が声をかけると、光延は首を横に振った。

「いや、迎えが来ているから不要だ」

下駄を履いた彼は、一瞬冬雪に目を向け「美味い茶だった」と言う。

まさか、茶を褒められるとは思わず、冬雪はぽかんとした。

自分はちゃんと礼を言えただろうか。

気づいたときには光延はすでに扉を出て去ったあとだった。

居間に戻ると、耀仁は床に座り、そばにいるポメ吉を撫でていた。

玉露はすっかり冷めてしまったので、熱い茶を淹れ直して持っていくと、「ありがとう」と言って受け取ってくれる。

一口飲んでから、マグカップをテーブルの上に置き、彼は隣にいる冬雪を見た。

「帰ってくるなりばたばたしちゃったね……しかも、このままだと、ご丁寧に叔祖父に祈祷をしてもらうことまで阻止されそうだ。金を払いに行ったあとで言い出すところが、祖父さんらしいよ」

耀仁の表情には疲労の色が見える。

それも当然だろう、彼は地元での仕事の合間を縫い、縁を切ったも同然の実家までわざわざ足を運んでくれた。そこで、本来払う必要のない多額の金を言われるがまま支払ってきたというのに、今更祈祷は許さないなどと言い出されては、すべてが徒労だったことになってしまう。

自分を助けるために忙しい中動いてくれた彼に、いったいなんと声をかけていいのかわからず、冬雪は悄然と項垂れた。

「……それで、さっきは何で駅にいたの？　新幹線を降りたらいきなりポメ吉が走ってくるし、やけに焦って僕をあのホームまで連れていこうとするから、わけが分からないまま向かったら、祖父さんと君がいるしで、もう目を疑ったよ」

ポメ吉は冬雪が邪のモノたちに連れ去られたあと、まっすぐに駅に着いた耀仁の元に向かったらしい。しかも、耀仁をあのホームまで連れてきてくれるなんて、警察犬並みに賢すぎる。

「す、すみません、実は……」

あの状況下ではどうしようもなかったとはいえ、ポメ吉のリードをやむなく放してしまったことは深く反省している。迷子にならなくて本当に良かった。

身を縮めながら、冬雪は駅に来る羽目になった経緯を彼に話した。

少々呆れられ、怒られもしたが、耀仁は何もなくて良かった、と冬雪を抱き締めてくれた。

飼い主の彼は、ポメ吉が大きくなれることを知っているのだろうか？　ポメ吉の変身事件と邪のモノたちを消して大奮闘してくれた件についても話したかったが、それよりも更に気になっていることがあった。

（どうしよう……伝えたほうがいいかな……）

耀仁は、最後に光延に祈祷を頼んだとき、返事がないことを答えと思い込み、諦めて視線をそらしてしまっていた。

だが、冬雪は見ていた。

苦痛を堪えるような表情の光延が、何か言いたげな顔をしていたのを――。

耀仁の両親、主に父の亡くなり方のことで、祖父と孫の間には、深い亀裂が生じている。

実家と縁を切ることにも、冬雪の祈祷依頼にも、普通では払えないような高額な金を要求してくる光延は、本当はただ、孫に帰ってきてほしいだけなのではないか。だが、素直にそうは言えず、無理やり連れ戻す方法しか提示できずにいるのではと、切ない気持ちになる。

しばし冬雪を抱き締めていた耀仁が、体を離す。

「まあ、いいか。仕事も増えたし、またＣＭの契約料も上がったから、来年くらいには言われた祈祷料も払えると思う。それまで、ちょっと不便かもしれないけど待っててもらえる？」

何気ない様子で訊いてくる耀仁の言葉に、冬雪は愕然とした。

彼は祖父が提示した信じ難いほど高額な祈祷料を払うつもりのようだ。

「い、いいえ、耀仁さんにそんな高いお金を出してもらうわけにはいきません」

「金で済むことならいいんだよ。君の命には代えられないし」

耀仁は当然のように言う。冬雪は彼が本気でそう思っていることに、嬉しさよりも困惑を感じた。

「で、でも……本当に、駄目なんです。これまでも、じゅうぶんすぎるくらい親切にしてもらいましたけど、他人で居候の俺に、そこまでの大金を――」

必死で言うと、彼は少し困ったような顔で微笑んだ。

「血は繋がってないけど、居候だとも思ってないよ。恋人の身の安全のために払うならこのくらい安いものだろ」

「え……」

冬雪は目を丸くした。ぽかんとなった顔を見て、笑顔だった耀仁が次第に怪訝そうな表情になり、苦笑いに変わった。

「なんで驚いてるの？　恋人、って言い方が古い？　彼氏？」

冬雪としては、耀仁の反応のほうがよくわからない。

耀仁が冬雪を恋人扱いしてくれたのは、最初に気を分けてくれた夜の延長で、ただの芝居だったはずだ。

しどろもどろにそう説明すると、彼はみるみるうちに真顔になった。

「つまり……雪くんは、最初の夜以降、僕がしてきた行動すべてを……何もかも、演技だと思ってた……ってこと？」

冬雪はこくりと頷く。

「いつまでも遠慮がちだから、照れてるのかなあとは思ってたんだけど……『僕の気持ち、わかってる？』って訊いたら、いつも笑顔になって頷いてくれてたよね？　じゃあまさか、あれは演技だってことを確認してると思ってたってわけ？」

声音がかすかに憤りを感じさせるものになった気がしたが、嘘をつくことはできず、冬雪はおずおずと頷いた。

そばで伏せていたポメ吉が、なぜかぶるぶると震えている。

寒いのだろうかと気になって冬雪が抱き上げようとしたが、それより前に「ポメ吉、ハウス」と耀仁が命じる。ポメ吉はすぐさま自分のハウスに駆け込んだ。

そっと窺うと、耀仁は額に手を当てて、いつになく険しい顔をしている。

彼が何を不快に思ったのかがわからず、冬雪は戸惑った。

地方から帰ってきたところで様々なことが起き、疲れたのだろう。彼の好物を揃えた夕食の支度もできているし、風呂もぴかぴかに掃除してあるからすぐに入ってもらえる。冬雪は躊躇いながら彼に声をかけようとした。

「耀仁さん、あの、ごはんかお風呂……」

いきなり手首をぎゅっと掴まれて、冬雪は言葉を切る。耀仁はじっと冬雪を見た。

「最初の夜は、確かに、『僕のこと恋人だと思って』って言ったよ。雪くんは初めてで怖がってたし、スムーズに気を分けるためには、お互いにそのほうが進めやすいんじゃないかと思ったから。だけど、翌日からは違う。あの夜以来、一度も恋人の振りなんかしたことはない」

静かに言う耀仁の言葉は、冬雪にとって衝撃だった。だが、湧きかけた喜びは一瞬で静まってしまった。

「これまで毎日のように伝えてきた言葉も、全部、僕の本当の気持ちだ。君のためなら、二億なんて惜しいとも思わない。でも……そう言っても、雪くんは今も、少しも嬉しそうじゃないね」

耀仁がゆっくりと冬雪の腕を離す。告白する耀仁が深く傷ついているように思えて、冬雪は胸が痛くなった。

「勝手に君に好かれてると思い込んでた……僕の、一方通行な気持ちだったんだ」

「……っ、耀仁さん、そうじゃないんです……っ」

必死に言ったけれど、彼には言い訳に聞こえたかもしれない。

頭の中が激しく混乱していた、耀仁が演技などではなく、まさか本当に自分を好きでいてくれたなんて。

けれど、真剣な顔でそう告げられてもまだ状況が信じられなくて、冬雪は自分の気持ちをうまく言葉にすることができない。

おろおろする冬雪を見て、耀仁はゆっくりと立ち上がった。

「明日も仕事あるし、ちょっと頭冷やしたいから、いったん僕はホテルに移るよ。……バイトに行かせてあげられなくてごめん。何かあったら三善に連絡して」

この期に及んで、冬雪の都合を気にしてくれる彼の優しさが悲しい。

「耀仁さん、俺」

どうしたいのか、どうすべきなのか。自分の気持ちがわからなかった。

それでも、何か言いたくて急いで呼びかけたが、耀仁はいつものように足を止めず、そのまま部屋を出ていってしまった。

＊

「そうなんです。ぐったりっていうか、全然元気がなくて、いつもみたいな食欲もなくて……だから、動物病院に連れて行きたいんですが、かかりつけがどこかとか、詳しいことを知らなくて」

耀仁が出ていってから、一週間が経った。彼の帰りを待ち侘びながら、冬雪は困り果てていた。

悩んだ末に謝罪のメッセージを送ると、「わかった」とか「もう気にしないで」という短い返事が届いた。毎日、冷凍庫に入りきらないくらい耀仁の好物を作り続け、帰ってきてくれないかと毎夜待ち続けたけれど、彼が戻ってくる気配はない。

調理補助のバイトはしばらく行けそうもなく、迷惑をかけることを恐れて退職を申し出ると、休職扱いにすると言ってくれた。「またいつでも来られるようになったら連絡して」と言われて、冬雪は泣きそうになった。

耀仁の家なのに、自分が居座っているせいで彼が帰れず、ホテル住まいをしなくてはならないなんて申し訳なさすぎる。もうこの部屋は出ていかなくてはと思うけれど、ポメ吉を放っていくことはできない。今後のことで話がしたい、とメッセージを送っても、忙しいのか、既読にはなるが耀仁からは返事が来ない。

しかも、一番困ったのは、日に日にポメ吉の元気がなくなっていくことだった。

ルーフバルコニーにも出たがらないし、大好物を出してもほんの少ししか食べてくれない。

あんなに懐いて家中をついて回っていたのに、今は冬雪に背を向けてしょんぼりと丸まっているばかりだ。

病気になってしまったのかもしれないと、耀仁に連絡して、かかりつけの動物病院を教えてもらおうとすると、それには返事が来て、「動物病院に行く必要はないからそっとしておいてやって」とだけ書かれていて愕然とした。

あんなに優しくていつもポメ吉を可愛がっていた彼が、愛犬の具合を気にかける余裕すらも失ってしまったなんて。

困った冬雪は、やむを得ず三善に連絡を入れた。マネージャーで親戚でもある彼なら、きっと耀仁の愛犬のかかりつけ獣医師を知っているはずだと思ったのだ。往診してもらえたらそれが一番だが、無理なら危険を押してでも連れていかねば、ポメ吉は死んでしまうかもしれない。

焦って病状を伝える冬雪に、三善は不思議そうな声で驚くべき事実を告げた。

『六車さんはご存じなかったんですか？　あの子は耀仁さんの式神なので、病気などにはならないんですよ』

(式神……!?)

ポメ吉は触れると温かいし、呼吸もしてごはんも食べる。

だが、普通の犬ではなかったのなら、駅で巨大化し、もやもやたちと対峙できた理由も納得だ。

しかし耀仁はなぜそれを今まで自分に言ってくれなかったのだろう。

混乱する冬雪に、三善は更に初めて知ることを教えてくれた。

もしも式神が病んでいるように見えるとしたら、それは、作った術者が心か体のどちらかを病んでいるせいなのだ、と。

(つまり……今、耀仁さん自身がこんなふうに弱ってしまってるってこと……)

『詳しくは教えてもらえなかったのですが、六車さんと何かあって家を出たことは聞いています。耀仁さんは、仕事には来ているんですが、本当に珍しいことにNGを何度も出してしまっていて……いつものようにセリフが入らない、と言っていました。先日、上京していた一条院の当主が家に来たそうですね。かなり揉めていましたか?』

訊いてくる三善は、光延が来たときの出来事について、詳しいことは知らないらしく心配そうだ。冬雪は戸惑いながら、家に戻らないならと冬雪の祈祷の依頼を断られたことと、受けるなら更に二億円を払うよう要求されていたことを伝える。

その話を聞いた三善は、やれやれといったように小さな息を吐く。

『当主と揉めるのはいつものことなので、それで彼が沈んでいるわけではないと思います。おそらく、六車さんと何か行き違いがあったことのほうがショックだったんでしょう』

耀仁のそばに長くいるだけあって、三善は鋭かった。そばでぐったりしているポメ吉を眺め、家に帰ってこず、仕事がうまくいかなくなっている耀仁の気持ちを思うと、冬雪は胸が痛んだ。

まさか、芝居だと思っていたと伝えた自分の言葉が、そんなにも耀仁を傷つけるだなんて思ってもみなかった。

しかも、まだうまく自分の心の中を整理できずにいた不器用な自分のせいで、彼は、冬雪の気持ちを誤解したままなのだ。

決して、耀仁の気持ちが嬉しくなかったわけではないのに――。

「あの……耀仁さんは、どこのホテルに滞在しているんでしょう？」

悩みながら訊くと、三善は都内にある五つ星ホテルの名を教えてくれた。

もし訪ねるなら自分が送っていくと申し出られる。事務所の車には、彼の祖父――つまり、耀仁の叔祖父が書いた守護の札を張っているので、冬雪を乗せても、タクシーなどよりは格段に邪のモノに襲われる可能性は少ないはずだという。

耀仁は、あまりにもNGを連発したため、体調を心配されて今日の撮影は早く切り上げとなり、その後はオフにしてあるそうだ。

「おそらく、ホテルの部屋で寝ているか、バーで飲んでいると思います」

悩んだ末に、そこまで連れていってくれるよう頼む。もし彼に迷惑だと言われたらどうしようと不安になるが、ポメ吉の今の状態は異常だ。動物病院に行っても無駄だというなら、耀仁のところに行かないわけにはいかなかった。

（……もしかしたら、これが耀仁さんに会える最後の機会になるのかもしれない……）

今度こそ間違わないようにと心に決めて、冬雪は元気のないポメ吉の背中を何度も撫でながら、三善の迎えを待った。

ホテルに着くと、冬雪は三善に礼を言って、バッグを抱えたまま車を降りる。

「助かりました、ありがとうございます」

気の利く三善がペット用のキャリーバッグを購入してきてくれたので、しょんぼりしているポメ吉も一緒に連れてくることができた。

「部屋は二三一〇号室です。バーに行っているとしたら最上階の店でしょう。それから……このホテルも非常に気の優れた場所に建てられてはいますが、広い建物に多くの客がいると、どうしても悪霊が入り込みやすくなります。ポメ吉も、今はあまり守護の役目を果たせそうにないですし、じゅうぶんに気をつけてくださいね」

三善の言葉を肝に銘じ、頭を下げて、冬雪はわずかに日が暮れかけた街へ戻っていく彼の車を見送った。


おそるおそる煌びやかなホテルのロビーに入り、ベルボーイにエレベーターホールの場所を教えてもらう。

慣れない場所に緊張しながら、冬雪はポメ吉入りのバッグを大事に抱えてエレベーターに乗り込んだ。

まずはバーを覗いてみて、そこにいなければ部屋を訪ねようと考えて、最上階のボタンを押す。

すぐに扉が閉まり、上昇し始めたエレベーターの中で、ふと奇妙な音がした。耳を澄ませると、どうやらバッグの中のポメ吉が唸り声を上げていることに気づく。

「ポメ吉？」

具合が悪いのかと慌ててたとき、ハッとして上に顔を向け、血の気が引いた。

エレベーターの天井に、黒いもやもやが点々とはりついている。

ぽとぽとと落ちてくるそれらを必死によけ、半泣きで手で払い除けながら、早く扉が開くように祈る。

チン、と音がして扉が開くと、冬雪は箱の外へと転ぶように走り出る。

ふかふかのじゅうたんが敷かれたエレベーターホールに膝を突いた瞬間、払い切れなかった黒く小さなもやもやたちが、なぜか瞬時に蒸発するかのように消え去った。

「――雪くん」

驚いた顔で近づいてきたのは、耀仁だった。通路の奥にあるバーから、ちょうど出てきたところらしい。

妖魔たちが消え去ったのは彼が現れたからなのだと、ホッとして冬雪は体から力が抜けた。

「大丈夫？　たった今、三善から雪くんがここに向かってるって連絡が来て、慌てて店を出たところだ」

静かに言って、彼は冬雪の腕を引いて立たせてくれる。今日の彼はTシャツにジャケットを合わせていてラフな雰囲気ではあるが、上質な服で着こなしに品がある。それに対して、いつものカッターシャツに着古したジーンズという冬雪は、明らかに場違いで恥ずかしくなった。

「耀仁さん……俺」

見上げた彼は、かすかに痩せたように思える。表情も暗く、どこか元気がないように思える。それが自分のせいなのだと思うと辛くなる。

「すぐに三善を呼び戻すから、それまで部屋に行こう」

そう言われて、彼が冬雪を帰すつもりなのだとわかって絶望した。

それでも頷くしかなく、冬雪は促されるまま再びエレベーターに乗り込んだ。

一つ下の二十三階で降り、耀仁が滞在している部屋に連れていかれた。

部屋に通されて、冬雪は思わず目を丸くした。

スイートルームらしく、最初に入った部屋はソファや大型テレビなどが据えられている。広い室内は高級な設えだが、綺麗好きな彼にしては意外なほど荒れていたからだ。

窓際のテーブルの上には飲みかけのグラスがいくつも並び、空のペットボトルや酒の空瓶が足元に転がっている。スーツや服も、ソファの上に無造作に脱ぎ捨てられたままだ。

「片付けてなくてごめんね。ちょっとやる気が起きなくて」

そう言うと、彼はスマホを取り出す。三善を呼ぶつもりだと気づき、冬雪は慌てて彼を止めた。

「あ、あの……すみません、少しだけ、話をしてもいいですか」

「……何？」

怪訝そうな彼が、それでもスマホを操作する手を止めてくれる。部屋に入ったところに立ったままの冬雪は、抱えていたキャリーバッグを下ろし、その中からポメ吉を抱き上げた。

やはり、今もしょんぼりしたままのポメ吉は、耀仁を見ても尻尾も振らず、その場に丸くなってしまう。

「……ポメ吉は、耀仁さんの式神だって三善さんから聞きました。だから、具合が悪そうでも動物病院に連れていく必要はないって」

耀仁は何も答えない。

もし、三善の言うことが本当なら、式神がぐったりしているということは、耀仁の心は今も深く傷ついたままなのだ。

言っていいことなのかはわからないが、どうしても、最後に誤解を解いておきたい。

冬雪は、沈み切ったポメ吉から視線を耀仁に移すと、言葉を選びながら口を開いた。

「俺……今までの人生で、誰か人を恋愛的な意味で好きになったり、ファンになって追いかけたり、そういうの、したことがなかったんです。初恋とかも記憶にないし、誰かと付き合ったことも、付き合いたいと思ったこともありません。おかしいかもしれないけど、あんまり、そういう余裕がなかったから……」

冬雪がたどたどしく打ち明けると、ふと耀仁がこちらに目を向けた。

「だから、今も、自分の気持ちがどういうものなのか、正直、よくわからないんです。だけど、耀仁さんの部屋で一緒に過ごした時間は、食事のときも、お茶を飲んでるときも、それから……気を分けるために、だ、抱いてくれたときも……全部、これまでの人生で、間違いなく、俺にとって、人生で一番、幸せな時間でした」

もうこの先、自分の人生にこんなに穏やかな時間が訪れることはないだろう、と冬雪にはわかっている。

このまま、彼の守護のない自分が夕暮れ時の街に出れば、おそらく、安全な場所に無事に戻ることすら難しい。だから、世話になった耀仁の部屋は綺麗に片付けてきた。自分の荷物はすべてまとめてきたから、捨てる手間をかけさせて申し訳ないが、処分してもらうだけで済むはずだ。

本当は、彼と出会ったあの日、自分はスタジオで邪のモノに連れていかれて命を落とすはずだった。

だから、きっとそれから今までの時間は、神様が自分にくれた、最後の幸福な夢だったのだと思う。

「今まで、たくさん、感謝してもしきれないくらい親切にしてくれて、ありがとうございました。ポメ吉をよろしくお願いします。ここからは自分で帰れますから、三善さんのお迎えは頼まなくて大丈夫です」

そう言うと、深く頭を下げて、冬雪は部屋を出ていこうとする。

開けようとした扉が、背後から突然強く押されて閉まった。

ぐっと肩を掴まれて、体を反転させられる。

ドアに背を張りつける体勢にされた冬雪の頭の両側に、耀仁が手を突く。いつものように冬雪の目元に手を触れさせようとして、止めた。

「……顔色が悪いね。眠れてないの？　ちゃんとごはん食べてる？」

冬雪は慌てて目元を手で覆った。耀仁のことを思うと眠りは浅く、食欲も湧かなかった。最低限の食事はしていたつもりだが、日に日に元気がなくなっていくポメ吉の様子も気になり、自分のことは後回しになりがちだった。

「あ、耀仁さんも、ちゃんと食べてください」

切実な気持ちで言うが、彼は小さく頷くだけですぐ冬雪から目をそらしてしまう。顔をうつむかせて、しばらく沈黙してから彼が口を開いた。

「僕がマンションに帰らないのは、怒ってるからじゃない。恥ずかしくなったからだ」

(恥ずかしい……？)

意外な言葉に、冬雪は目を瞬かせる。

「雪くんは、僕のこれまでの行動が、最初の夜以降、すべて本心から出たものだって伝えたあとも、困った顔をするばかりで何も言ってくれなかっただろう？　……ファンになったって言ってくれたし、ずっと両想いだと信じ込んでた。だから、勝手に浮かれてあれこれとこれからのことまで考えてた自分が恥ずかしくなったんだ。しかも、部屋に無理に連れてきて祈祷の依頼をしたりしたことで、もしかしたら雪くんは僕のすることを拒めなかったのかと思うと……恩人的な立場から、遠慮がちな君に性行為を無理強いしてた可能性に思い至って、ものすごくショックだった」

ぼそぼそとどこか気まずそうに漏らす彼に、冬雪は慌てて口を挟む。

「無理強いなんて……そ、そんなこと、一度もないです！」

彼がしてくれたことは、何もかも、すべて冬雪のためだった。気を分けるために抱いてくれたときも、ただただ優しくしてくれた。恥ずかしかったし驚いたけれど、耀仁がしてくれることはすべて気持ちが良くて、冬雪は初めて誰かのそばで安心して眠る幸福を知った。

すると、彼がふっと視線を上げた。冬雪と目が合う。

「……これは、演技でもなんでもない。だから、一つだけ答えて」

彼は冬雪の目を見据えて言う。

「僕が『あれは演技じゃない』って言ったとき、どんな気持ちだった？」

嫌だった？それとも不快だった？と訊かれて、冬雪はそのときの自分の気持ちを思い返してみた。

「……すごく、びっくりして、最初は信じられなかったけど……そのあと、これまでことが思い浮かんで……」

自分に向けられたものとは知らずにいた間に、耀仁はたくさんの想いを冬雪に伝えてくれていた。

「……うれしかった」

正直な気持ちをぽつりと口にすると、耀仁が驚いたように目を瞠る。それから、くしゃりと秀麗な顔を歪めた。

泣くのかと思ったが、彼は少し目を潤ませただけだった。

一つ息を吸い、表情を引き締める。

「――じゃあ、改めて言うよ。僕は雪くんが大好きだ」

怖いくらいに真剣な目で言われて、どきんと冬雪の心臓の鼓動が跳ねた。

「遠慮がちなところも綺麗好きなところも、ポメ吉に優しいところも、慌て者なところも、どこも全部可愛いと思ってる。最初は同情だったかもしれないけど、今は違う。運が悪すぎて可哀想で、大金を払ってでもどうにかしてあげたいと思ったのは、好きだからだ。雪くんのためなら、二億でも三億でも、いくらでも払える」

「耀仁さん、でも、俺……」

言いかけた冬雪の手を握り、彼が続けた。

「雪くんが、まだ自分の気持ちを恋愛感情かどうか掴み切れていないのも、よく分かってる。それでもいい。これから、時間をかけてちゃんと僕のことを好きになってもらう。絶対後悔させないから」

「ち、違うんです、その、恋愛的にかは確かにわからないけど、でも、耀仁さんのことは、世界で一番好きです！」

冬雪が慌てて言うと、彼は目を瞠る。とっさに告白してしまって恥ずかしくなったが、言わないわけにはいかなかった。

「でも、俺……俺なんかじゃ……」

もし、好きだとしても、売れっ子で超人気俳優の彼と自分では、到底つり合いが取れない。

耀仁の気持ちが本気だとやっと理解したあとも、冬雪は無職の上に家なしな我が身を思うと気が引けた。周囲の人が、自分をどう思うかはよくわかっている。そう考えると、彼の気持ちをすんなり受け入れるのに強い躊躇いがあった。

すると、耀仁がなぜか小さく笑った。

「つり合い、か。どうして君を好きになったかは、いろんな理由があるけど……一番はね、君の魂が綺麗だからだ」

（魂……？）

「何かに憑かれて命を落とすような人間は、単に運が悪い場合もあるけど、大概理由がある。それまで人を不幸にしてきたり、罪を犯して恨みを買っていたりとかだ。自業自得とまでは言わないけど、家業であっても身を切って助ける意味があるのかと疑問に思うような者もいる……だけど、憑き物体質でありながら、君にはそういう禍みたいなものが何もなかった。誰にでも礼儀正しくて、翔竜にも毎朝お供えをしてくれて、ポメ吉も大事過ぎるくらい大切に世話してくれる。なんでこの子が呪われなきゃいけないのかって、本当に憤りを感じるほどだった」

耀仁がそんな風に思っていてくれたとは知らず、冬雪は彼の話に聞き入った。

「最初に助けてあげたいと思ったのは、そういう気持ちからだけど……セックスしてまで守ってあげたいと思ったのは、単純に、僕が君に死んでほしくなかったから。他にだって、とっさのときにも部屋から出られないように閉じ込めるとか、守る方法はいろいろあったけど、あえて気を分ける方法を選んだのは……それが一番確実だったからと、それから……ただ、僕が、君に触れたかったからだ」

彼の頬が少し赤くなっているのを見て、冬雪はどぎまぎする。

「もう、最初に抱いたときには、雪くんを手放すつもりなんかなくなってた。必ず守り抜いて、祈祷を受けられるように手はずを整えて、そして、ずっとそばに置いておきたいって思ってたんだ」

何と言ったらいいのか分からない。

耀仁は真剣な顔で、熱を込めた目で冬雪を見た。

「雪くんは、ずっと一緒にいても疲れないし、離れたくないと思うくらいに心地いい。僕がこれまで出会ってきた人間の中で一番好きだし、これから出会う誰よりも好きだと確信してる。……このくらい言えば、僕の気持ち、伝わる？」

信じ難い告白の連続に、冬雪は顔を真っ赤にして、こくこくと頷く。

少しホッとした顔になり、耀仁は一つ息を吸うと覚悟をするように言った。

「どんな手段を使ってでも、雪くんを邪のモノたちから救ってあげる。だから……呪いが消えたあとも、ずっと、僕のそばにいてほしいんだ」

耀仁の告白は、台詞を言うときのように滑らかではなかった。

「……ドラマの中の役みたいにかっこいい告白じゃなくて、ごめん」

たどたどしく、ときにつっかえながら告げられて、冬雪はかすかに頬を緩める。

そのとたん、涙が溢れてきて、慌てて冬雪は顔を両手で覆った。

「雪くん、返事を聞かせて」

顔を寄せてきた彼に手の甲に口付けられて、急かされる。

涙でぐしゃぐしゃになってしまった顔を隠したまま、冬雪は何度も頷いた。

恋をしたことがなくて、初めて抱いた耀仁への感情が何なのかはまだよくわからない。憧れなのか、恋情なのか、それとも恩義なのか。

けれど、冬雪は耀仁のそばにいると安心できた。

育ちが良くて潔癖で、何もかもを持っているイケメン俳優なのに気遣い屋で、少し甘えん坊で——そして、これまで出会ってきた誰よりも優しい。

耀仁は、これ以上なく正直な想いをぶつけてくれた。こんなに情熱的に乞われては、もう、自分なんかと思うことはできなくなった。

ずっと、なんて無理かもしれないけれど、耀仁の言葉だけは、不思議と信じられる。

言葉で言って、とせがまれて、泣きじゃくりながら必死で答えた。

「いっしょに、いさせてください」

手を掴まれて、涙に濡れた顔を暴かれ、荒っぽく唇を奪われる。

バーで飲んでいた彼の捻じ込まれた熱い舌からは、かすかなアルコールの味がしたが、少しも嫌だとは思わなかった。

下手くそながらも、必死に口付けに応じようと、冬雪もたどたどしく彼の舌を吸い返す。

情熱的な口付けが解かれてすぐ、冬雪はハッとした。

四肢を踏ん張って立ったポメ吉が、はっはっと舌を出しながら、尻尾を振り回し、目を輝かせているではないか。

「ポメ吉、良かった……！」

名を呼んでその場で膝を突くと、駆け寄ってきたポメ吉が大喜びで冬雪に飛びついてくる。

式神には術者の感情が反映される。三善の言ったことは本当なのだとやっとわかった。

冬雪が顔をぺろぺろされる様を眺めながら、耀仁が苦笑している。

「そいつが僕の式神なのは本当だよ」と彼は言った。

彼によると、ポメ吉は冬雪が耀仁の部屋に居候することになったあの夜に作られた存在なのだというから驚いた。だから、本来何も食べずにもいられるし、与えられれば普通の犬のように食べることもできる。

「ペットシッターっていう役割がないと、雪くんが出ていっちゃいそうだったから」と言われて、冬雪は唖然とした。

彼の愛犬だった翔竜が、冬雪が世話になる一週間前に亡くなったのは事実だった。その後、小犬の頃の翔竜を思い浮かべて、時折犬の式神を作っては傷心を慰めていたらしい。

そして、冬雪を部屋に留まらせるために、改めてポメ吉を作り出して部屋に置いた。けれど、彼は妖力は強いものの、修行が不完全で力が不安定なため、ポメ吉は耀仁に非常に強く左右されてしまう状態だったらしい。そのせいで、耀仁が落ち着いているときは問題なかったものの、彼が混乱して気持ちが沈むと、ポメ吉までぐったりしてしまうことを止められなかったそうだ。

「部屋にいてくれるようになったあとは、いざとなったとき雪くんを守れるようにと思って置いといたんだけど……やっぱり僕の修行が足りないせいで、今はまだただの愛玩犬にしかならないな」

ご機嫌で尻尾を振るポメ吉の頭を撫で、耀仁は困ったように笑う。

「で、でも、駅で襲われたときは、大きくなって俺を守ってくれました」

ポメ吉は役立たずなどではないのだと、冬雪は必死に訴える。

「そうか。だったら作った甲斐もあるというものだね」

「わっ!?」

そう言うと唐突に、冬雪の背中と膝裏を掬い上げ、彼が抱き上げる。

「ポメ吉、あとで遊んでやるから、いい子でこの部屋にいて」

歩きながら言う彼の言葉に、ポメ吉が「アンッ！」と元気よく返事をしてお利口にその場に伏せる。

あわあわする冬雪を抱いたまま、耀仁は奥の部屋に向かった。

続き部屋はベッドルームで、かなり大きなサイズのベッドが据えられている。ルームクリーニングを入れていないらしく、ベッドの上は珍しく寝乱れたままだ。

冬雪をベッドに丁寧なしぐさで下ろすと、日が落ちる間際の窓にカーテンを引いて、ジャケットを脱ぎながら耀仁が戻ってきた。

彼は、まだ呆然としている冬雪の肩先に顔を埋めるようにして身を屈め、ぎゅっと抱きついてくる。

目に入ったベッドサイドのテーブルの上には、書き込みの入った台本が開いたままで置かれている。おそらく、今撮影中の『不死蝶の唄』の台本だろう。三善から聞いたNGの話が冬雪の頭をよぎった。

自分がいつも完璧な彼を混乱させ、仕事にまで支障を出させてしまったことに申し訳なさを感じる。

「あの、耀仁さん、お仕事は……」

「大丈夫。台詞はもう全部入ってるんだ。でも、雪くんのことで頭がいっぱいで、どうしても集中できなくて……情けなくてごめん。でも、もう大丈夫。明日は完璧にやるから」

顔をうずめたまま言ってから、彼はゆっくりと顔を上げる。

「今は雪くんを充電したい。いいよね？」

間近から縋るような目で見られて、初めての感情に胸が疼いた。

「はい、あの……俺で良かったら、好きなだけ、充電してください」

珍しく彼が甘えてくれるのが嬉しくて、冬雪は恥じらいながらぎこちなく微笑んだ。

一瞬驚いたように目を瞬かせた彼に、すぐにうなじを引き寄せられて、深く口づけられる。

離れていた間、寂しかったという気持ちを伝えるように、執拗に唇を吸われ、何度も舐め辿られる。

「ん、……ん」

されるがままになりながら、おずおずと耀仁の肩に手をかけると、背中に回された腕の力が強くなった。

息が上がるまでキスを繰り返したあと、耀仁は冬雪をそっとベッドの上に仰向けに寝かせる。シャツ越しの体に触れられて、身を倒してきた彼が、鼻先を押しつけて、乳首の辺りを擦ってくる。布越しに擦られると、くすぐったくてもどかしい。

冬雪が思わず身を震わせたのに気づいたらしく、いたずらはすぐに終わり、シャツの前を開けられた。

「淡い色に戻っちゃった……一人のとき、弄ったりしないの？」

あらわになった薄い色の乳首を眺めながら言われて、ぎょっとする。

「し、しません」

「そうなんだ。じゃあ、僕が可愛がってあげなきゃね」

口の端を上げた彼が冬雪の胸元に顔を寄せ、小さな乳首を舌でちろりと舐める。

「……っ」

身をひくつかせたのを見て、かすかに口の端を上げた彼がそこを今度はゆっくりと舌でなぞる。もう一方の乳首は指できゅっと摘まれて、冬雪はびくびくと体を震わせた。

出そうになってしまう声を、口元を押さえて必死で堪えていると、与えられる刺激は更に強くなる。

「あ、あっ！」

ねろねろと舐め回し、唇に挟んでじゅっと音を立てて吸われ、冬雪は思わず身を仰け反らせた。

彼が仕事で京都に向かう前は、日を置かずに抱かれていたせいで、久し振りの刺激に体がすぐに反応してしまう。

乳首を弄られただけで、冬雪は彼に抑え込まれているジーンズの中がじんじんするのを感じた。

「雪くん勃ってる……もう痛い？」

嬉しげに言い、胸から顔を離した彼が冬雪のジーンズの前を開ける。あっという間に下肢の衣類を下ろされて、剥き出しになった小さな性器は、快感を教えるように上を向いて震えている。

そこを眺め、可愛い、と呟くと、耀仁はふいに思いがけない行動に出た。体をずらして冬雪の下腹に顔を埋める。

え、え?と思っているうちに、大きな手に茎を掴まれ、先端にちゅっと音を立ててキスをされる。温かく湿ったものにすっぽりと包まれて、冬雪は息を呑んだ。

「あ、耀仁さんっ!?」

驚愕していると、咥内に収めたものを軽く吸われて、体から力が抜けた。

「だ、ダメ、で、出ちゃう……あ、あっ……！」

必死で止めてもらおうとしたが、腿をしっかりと掴まれていて逃げられない。じゅっと強く吸い舐られながら、冬雪はあっけなく達する。

すべてを出し切るまで丁寧にそこを舐めてくれた耀仁が、ようやく顔を上げ、冬雪の顔を覗き込んできた。

「気持ちよかった？」と訊ねながら、頬やこめかみに口付けられる。信じられないくらいの快感だったが、強烈な背徳感があった。まさかこんなことを、彼にさせてしまうなんて。

「あ、あの、俺も、します」

「え」

恋人同士になったのだから、されるがままではいけない。

そう決意して、冬雪は彼の腕からそっと逃れると、耀仁のチノパンの前に触れた。すでに張り詰めているそこをうまく開けられずにもたもたしていると、小さく笑って耀仁が冬雪の手を握り、自らのものを取り出してくれる。

彼の性器は濃いピンク色で先端が張り出していて、冬雪のささやかなものとはまったくかたちが違う。ちゃんと気持ちよくできるだろうかと一瞬不安になった。こわごわと手を伸ばすと、冬雪の手には余るほど大きい。

両手で掴んで根元から扱いてみると、びくりと手に鼓動が返る。緊張しているせいか、やけにぎくしゃくした動きになってしまうのが恥ずかしい。

「無理しなくていいんだよ」

気遣うように言われたが、冬雪はこくりと頷くと、思い切って昂りに舌を伸ばした。

気を分けてもらうために何度も抱いてもらったが、口でするのは初めてだ。

先端の膨らみをぺろぺろと舐め回す、耀仁は綺麗好きで、体臭を感じたことがない。そんな彼からかすかな雄の匂いを感じると、冬雪の全身がじわっと熱くなるのを感じた。夢中で裏筋を舐め、逞しい根元を手で扱く。

こんなやり方でいいのかわからなくて、舐めながら彼のほうに目を向けると、耀仁は怖いくらいに熱を秘めた目で、奉仕する冬雪の顔を凝視している。

「少しでいいから、口の中に咥えてもらっていい……？」

頼まれて頷き、口を開けて彼の昂りを咥内に入れようとしてみる。

「……んっ、ぐ……」

しかし、耀仁の性器は冬雪の口には大きすぎ、先端を咥えるだけでもせいいっぱいだ。

必死で咥内に収めて舐めようとしたが、苦しくてうまくできない。必死でもごもごしているうち、どうにか先端だけは収めたものの、それ以上は呑み込めず、苦しくて何もできない。

「……っ」

頑張って舌を動かしているうち、かすかに彼が息を呑むのがわかった。

熱くて硬い肉棒は、もごもごとうまくしゃぶることすらできない冬雪の咥内でいっそう滾り、喉にとろりと先走りが流れていく。

自分で言い出したことながら限界を感じ、冬雪は彼を涙目で見上げる。

上は前を開けて脱げかけたシャツだけ、下肢には何も着けていない。恥ずかしい格好で顔を真っ赤にして彼のものをしゃぶる自分が、耀仁の目にどんなふうに映っているのかは考えたくなかった。

しかし、目が合うと、舌と唇が触れている彼の性器がぐっと硬さを増した。

「いいよ、とっても上手だ」と褒めてくれて、手を伸ばして頭を撫でてくれる。

目元が赤くなっているところをみると、少しは快感を与えられているのかもしれないと冬雪はホッとした。

「ぷ、は……っ」

耀仁は、へたりこんだ冬雪の口からずるりと自らの昂りを抜き出す。涙を唇で拭い、濡れた唇も厭わずに情熱的なキスをしてくれる。

「雪くん、嫌じゃなかった？」

抱き締められながら気遣うように訊ねられて、冬雪はこくりと頷く。男の性器を口淫することなど考えたこともなかったけれど、耀仁の一部だと思うと嫌悪感は湧かなかった。恥ずかしかったが、喜んでもらえたみたいでむしろ嬉しかったほどだ。

「良かった……」

腋に手を入れられて抱き上げようとした彼が、ふと口の端を上げる。

「雪くん、また勃ってる……僕の舐めてて、興奮しちゃったの？」

「え……」

慌てて見下ろすと、一度達した冬雪のものは、触られてもいないのにまた半勃ちになってしまっている。

隠せない体の反応に、恥ずかしさで泣きそうになる。

真っ赤になっているであろう顔で、「ごめんなさい」と謝ると、耀仁は冬雪を抱き寄せて膝の上に乗せ、不思議そうな顔になった。

「なんで謝るの？　初めて口でしてくれたのに、気持ち悪くなかったどころか興奮してくれたなんて、嬉しいに決まってるだろ？」

仰向けになった耀仁の体の上に乗せられた体勢で、二人は重なったまま横たわる。何度もキスをされながら、両手で尻を揉まれて、後孔を撫でられる。

耀仁がベッドサイドのテーブルの上に転がったものの中から、ハンドクリームらしきチューブを取り、中身を軽く絞り出す。

痛くしないからね、と囁いてから、頬に口付けると、彼が冬雪の後ろに手を回してそれを塗りつけた。

「ん……」

閉じた後孔にぬるぬるとしたものを塗られて、思わず声が出た。

何度かに分け、柔らかいハンドクリームをたっぷりと塗りこまれる。

「きついね……しばらくしてなかったから……」

時間をかけ、一本指を差し込みながら、耀仁が困ったように囁いた。

力を抜かなくてはと思うのに、勝手に体が異物を拒絶するかのようにぎゅっと締め付けてしまう。

ふいに彼が冬雪の尻を掴んで、自分のほうに押しつけた。

「あっ！」

再び勃ち上がっている冬雪の前と、張り詰めた耀仁のものが、互いの腹に挟まれて擦れ合う。一度も出しておらず、がちがちに硬くなったままの彼の性器を、薄い腹と性器に強く押しつけられ、顔が真っ赤になるのを感じる。淫らにゆるゆると揺らされて、彼がどれほど興奮しているのかを直接肌で教えられてしまう。

冬雪の体から力が抜けたところを見計らい、彼が再び後孔に指を差し込み、そこを丹念に解される。

時折体を揺らし、猛々しい昂りで腹を擦られながら、尻を奥まで解される。

「あっ、そ、そこ……っ」

「うん、ここ、雪くんの好きなところでしょ？」

小さく笑って耀仁が冬雪の耳朶を食んだ。

彼は冬雪の中のいいところをすっかり熟知している。身を震わせるポイントをじっくりと指で押し揉むようにされて、冬雪はぶるぶると身悶えた。

「あぅ、あ、あっ」

彼の肩に顔を埋め、必死な喘ぎを漏らす冬雪は、指だけでイかされてしまいそうだった。二本に指が増えた頃には、もう体に力が入らず、三本目になると、堪えられずに先走りが溢れて、彼の引き締まった腹を濡らしてしまう。

「あ、耀仁さん……」

「なに？」

甘やかすように答えて、彼は冬雪の耳朶に優しく舌を這わせる。

唇で食んでちゅっと音を立てて吸われ、疼きが体を駆け巡った。

「もう、出ちゃうから……、お願いです……」

羞恥を堪え、半泣きでねだる。

ゆるゆると動かしていた指がぴくりと止まる。

「どうしてほしいの？」

かすかにかすれた声で彼が問い質す。

「……挿れて、ください」

いいの？と訊かれ、こくこくと頷く。

「すごく興奮してるから……ひどくしないように、このまま挿れるね」

そう言うと、彼は体の上に冬雪を乗せたまま、尻を開かせて狭間に昂りの先端を当てる。

「あ……、ん、ん……っ」

大きなものが押し入ってくる衝撃に、冬雪は彼の肩にしがみ付き、胸板に顔を擦りつけながら悶えた。

指でとろとろに溶かされた場所に、じれったくなるほどゆっくりと挿入される。

半ばまで挿入したところで、耀仁は動きを止めて息を吐くと、悔しそうに言う。

「雪くんの中、気持ち良すぎて……挿れただけでイキそうだ」

耳元にかかる吐息も、重なった胸の激しい鼓動も、すべてが刺激となって、冬雪はまともに何かを考えることもできない。

彼の体の上で息を荒らげながらぐったりしていると、耀仁が気遣うように顔を寄せてきた。

「雪くん、この体勢辛い？　一度抜こうか？」

重たい顔を上げて、ゆっくりと頭を振る。

狭いところを押し広げられて苦しいけれど、彼が離れるのは嫌だった。

「ぬかないで……」

朦朧とした意識のまま囁くと、触れている耀仁の体がびくりと強張った。

「え……わっ!?」

ふいに体を支えられ、繋がったままぐるりと身を反転されて、ベッドの上に仰向けの体勢にされる。冬雪は胸につくほど脚を開かされ、荒々しい息を吐く彼が腰を進めてきた。

「あ……っ、ああ、んっ！」

最奥までずんと突かれ、頭の芯に火花が散ったようになる。冬雪の性器から、ぴゅっと蜜が零れ、腹の上に滴った。

「雪くん、雪くん……っ」

我慢していたのか、冬雪をベッドの上に押しつけるようにすると、耀仁は激しく腰を使い出した。

耀仁はひどく汗をかいていて、ぽたぽたと冬雪の胸元に雫が滴る。興奮している様子の彼に、冬雪の中にぞくぞくとした得も言われぬ疼きが走る。

「あうっ」

やや荒っぽく乳首を摘まれて、尻の奥がぎゅっと彼を締めつけてしまう。

昂りを押し込まれるたび、溶けたハンドクリームがぐちゅぐちゅという音を立てている。

「あんっ、ああ……っ、や……っ」

小刻みにずくずくと突かれて、身悶えながら冬雪は甘い声を上げた。

耳元に口付けられ、「雪くんの中でイきたい」という囁きが聞こえて、冬雪はぶるっと身を震わせた。

奥に出されたい。耀仁の熱を感じたい、という欲望が込み上げてくる。

いい？と訊かれて頷くと、かみつくように口付けられて、呼吸も出来なくなる。

深くまで押し込まれた昂りが、冬雪の中にどっと熱いものを吐き出す。

恍惚としたとき、荒々しい息の彼が「ちゃんと責任、取るから」と言うのが聞こえた。

その囁きには、どこか聞き覚えがあった。

（最初の夜……）

耀仁は、そういえば最初に冬雪を抱いた夜にも、そう言ってはいなかっただろうか。

そう気づくと、彼は本当に、あの時から冬雪のことを真剣に考えていてくれたのだとわかる。

どんな相手でも選べる売れっ子俳優なのに、意外なほど真面目で誠実な彼に、冬雪は胸が苦しいほどきゅんと締め付けられるのを感じた。

達したあと、じょじょに息が整うと、冬雪の頬に触れて彼は言った。

「……僕は、ものすごく独占欲が強いみたいだ。いつか、雪くんの気持ちが僕から離れて、他の誰かとこういうことしたらと思うと、おかしくなりそうになる」

苦しげに言う彼に、冬雪はとろんとした目を向ける。

「やっと本当の恋人同士になれたばかりで、気が早くて申し訳ないんだけど、頼むから約束してほしい。絶対に、僕以外の誰ともこういうことをしないって」

どう考えても不必要な心配をしている彼に、冬雪は微笑む。

「一生、耀仁さん以外の人と、しません」

そう言うと、耀仁はホッとした顔になり、冬雪の額に額を擦りつける。

「もうぜったいに放さないから」

まだ力の入らない腕を彼の背中に回し、冬雪は求められる悦びに身を任せた。

*

ようやく想いが通じて、二か月ほど経った頃。耀仁はスケジュールを調整して時間を作り、再び京都の実家を訪れた。

今度は冬雪を伴い、二人ともスーツ姿で菓子折りを持参している。

冬雪は光延に救われた一件のあと、耀仁に、彼が見ていないとき、孫に糾弾された光延が何とも言えず辛そうな表情を浮かべていたことを伝えた。

そのあと、彼が祖父とどういう話をしたかはわからないけれど、光延はその後、冬雪の祈祷依頼を承諾してくれた。耀仁が理不尽に要求されていた法外な祈祷代も、一般的に妥当な額にまで下げてくれたそうだ。

バイトを頑張ればどうにか払えそうな額だったので、せめてもそれだけは払わせてほしいと冬雪は彼に頼み、渋々ながらも耀仁も受け入れてくれた。祈祷代は、これから冬雪が分割で、少しずつだが彼に返していく約束になっている。

何日かかかる祈祷の間には、仕事のある耀仁は東京に戻らなくてはならず、冬雪は彼と別れて、実家の離れに滞在させてもらうことになった。身を清めつつ、祈祷に最適な日を待つ。

彼の実家も、当然のように気の優れた場所に立っているため、邪のモノは一切入れない。冬雪を置いておくのにここなら安全だと言われ、駅まで見送りに行けない冬雪は、耀仁を彼の実家の玄関先で見送った。

しばしの間別れる前に、耀仁は「これ持ってて」と言い、いつも腕にはめているブレスレットを冬雪の腕にはめさせた。黒光りする珠を繋いだ数珠のようなブレスレットだ。

「これはさ……亡くなった父が結婚するとき、母に贈ったものなんだ」

意外な由来に冬雪は驚く。彼の母は国に帰り、再婚して今では新しい家庭を築いているらしい。よほどこちらでのことは思い出したくないことなのか、子供の頃に何度か手紙が届いたきりで、いまでは音信不通になっていると聞いた。

「まあ、出ていくとき、母はこれを置いていってしまったわけなんだけど……特になんの効力もない代物だけど、いい石が使われてるから捨てるのもなんだし、僕がずっとお守り代わりに着けてるんだ」

何気ないふうを装って言うけれど、それは亡き父の形見であり、出ていった母の数少ない大切な思い出の品なのではないか。

「だから、気持ちばかりだけど、雪くんを守ってくれるように」と言って、耀仁は大切なそれを冬雪に預けていった。

――そうして迎えた、待ち望んだ祈祷の日。冬雪についていた邪のモノたちは、一つ一つは小さいながら、光延でさえも驚くほど、恐ろしいほどの大群だったそうだ。

そのため、当初は三日ほどで終わる予定だった祈祷は、突如として予定を変更することになった。「応援を呼ぶ」と言われ、光延を含めて一条院家の現役陰陽師三人によって交代で行われることになり、一週間もの間続いた。

朝と晩だけわずかな食事をとり、本殿の奥に正座する。水は世話係に飲ませてもらう。祓う呪文を唱え続ける光延たちの声を聞きながら必死で耐えていたが、冬雪は途中から意識がなくなった。覚えているのは、ふっと体が軽くなる感覚と、光延たちが快哉の声を上げたときだ。

元々体力がないせいか、無事に祈祷が済んだあと、冬雪は数日入院する羽目に陥ってしまった。

仕事終わりに無理に新幹線で見舞いにやってきてくれた耀仁は、邪のモノたちから解放された冬雪を安堵の顔で抱き締めてくれた。無事に終わったが、入院したと聞き、気がかりで胃に穴があきそうなほどだったようだ。

しかし、スケジュールがいっぱいの彼はすぐに都内に戻らねばならず、「心配だから、退院後は僕が迎えに来られる日まで、実家で体を休めていてほしい」と懇願され、冬雪は頷くほかなかった。

その後、まったく立てないほど憔悴していた冬雪は、数日入院したあと、彼のスケジュールとの兼ね合いもあり、結局、丸一か月もの間、一条院家の離れで世話になることになった。

耀仁の実家の一条院家の本家は、とてつもなく立派な日本家屋で、使用人や氏子さんが多く出入りする神社と同じ敷地内に立っている。

そこで働く人たちは高齢の氏子や世話係が多く、皆、こそこそと冬雪が借りている離れにやってきては、果物やお菓子を差し入れてくれる。何を聞きたいのかと思うと、誰もが気にするのは耀仁のことだ。「元気でやっていますでしょうか」「あちらで友達はできましたかね」と、誰もが我が子のように神社の跡継ぎである耀仁を気にかけているのに、冬雪は胸がいっぱいになった。

「これが小学校、こっちが中学と高校のですな」と、本殿を案内してくれた世話係は、小さい頃から耀仁がとった症状やトロフィーを誇らしげに見せてくれた。大切に飾られてケースに保管されたそれを見ると、本当は祖父も彼を誇りに思い、ずっと気にかけているということがよくわかった。

（耀仁さん、本当に大切にされてきたんだな……）

冬雪とはまったく違う育ちを垣間見て、耀仁がこの神社を継げと強要される環境を重荷に思った気持ちも理解できる。更には、失った父母への思いと、それから祖父との長年に亘るすれ違いの理由も納得がいって、なんとも切ない気持ちになった。

滞在中ずっと、彼の実家で冬雪は賓客扱いだった。

手を尽くした精進料理が並んで、なにくれとなく気遣われてもてなされる。広大な敷地を案内してもらい、寂しくないようにと、暇なときは使用人がかわるがわる話し相手にまでなってくれた。

夕食時には、「少しいいか」と言って時折、光延も同席することがあった。彼からは、耀仁の仕事の話や日常のことを訊ねられた。耀仁の人気振りを聞く光延は、孫を思う普通の祖父のようで、冬雪は自分が彼にどれほど助けられたか、どんなに彼が素晴らしい人かを言葉を尽くして話した。

「遅くなってごめん、会いたかった……」

そうして、仕事が詰まっていたせいでなかなか休みが取れず、翌月になってから耀仁は冬雪を迎えに来てくれた。彼は祖父と協力してくれた親戚たちに深く感謝して、礼を伝えていた。

冬雪も光延たちはもちろん、世話になった一人一人に改めて感謝を伝えた。

「……また、耀仁と一緒に来るといい」

そっけない口調だが、光延に別れ際にぼそりと言われて、冬雪は目を丸くした。頬を染めて何度も頷き、「きっとまた来ます」と言って、頭を下げた。

（……いつか、お祖父さんと耀仁さんが、時間がかかっても和解できたらいいな……）

心の底からそう願う。祈祷を受けてくれたからではなく、光延は決して悪い人ではない、と冬雪は確信していた。

耀仁が持ってきてくれた菓子折りは人気の品のようで、皆大喜びしていたので、次に来るときにはまたそれを持ってくると約束して、涙を流す使用人たちに手を振り、二人で京都をあとにした。


都内に戻る際、新幹線の中で、「本当に、憑いてたモノはいなくなったね」と、耀仁は冬雪を見てしみじみと嬉しそうに微笑んだ。

もう一人で歩く暗闇を恐れる必要はない。

祈祷のおかげで、完全にすべてから解放された世界は、体が軽すぎて不安になるほどだ。

冬雪は移動の間に、これまで言えなかった夢の話を彼に打ち明けた。

「おかしいかもしれないんですけど……実は俺、前世で自分が小さくて黒いもやもやだったっていう夢を見るんです」

何度も生々しい夢を見ること、邪の存在の中でも、悪事を行えずに散々貶められ、苦しみの中で死んだことなどを打ち明ける。馬鹿馬鹿しい話だとは思うが、耀仁なら真面目に聞いてくれるかもしれないと思ったのだ。

すると、やはり耀仁は笑いもからかいもせず、「そうか」と合点がいったように頷く。

それだけではなく「なぜ、邪のモノたちがあんなにも雪くんに執着していたのか、わかったかも」と言い出すから驚いた。

「な、なぜなんですか!?」

慌てて訊ねると、彼は説明してくれた。

霊力のない冬雪には、邪の存在はどれも、すべてがぼんやりとしたもやもやとした存在にしか見えない。だが、それらは明確に二種類のものに分かれているという。

一つは、人が思いを残して亡くなったあとに現世に残った魂、つまり悪霊で、弱い者や見える者にとりついて引きずり込もうとする。

そしてもう一つが、常に彼の周りにまとわりついていた小さな黒いもやもやたちで、それらは冬雪が夢に見る前世の姿ととても似通っているというのだ。

「その夢が本当に君の前世の記憶だとすると、おそらく、君に執着してた小さなもやもやたちは、前世での……なんていうか、雪くんの仲間、みたいなものなんじゃないかな」と言われて、冬雪は仰天した。

つまり——繰り返し見ていた夢は、本当に冬雪の前世だった可能性が高い。

そして、あり得ないほど不運なあれやこれやは、前世の仲間たちにとっては、むしろ冬雪のためにした『良いこと』だった。彼らは人に生まれ変わった冬雪を追いかけてきて、自分たちにとってはエサとなる不幸を与えようと奮闘していた。そして、冬雪が死ねば、また来世では仲間に戻れると思い込んでいたのではないか。

「前世では『不幸』と『死』がエサだったんだろう？　そうだと思うと、雪くんにとってはありがた迷惑もいいところだけど、邪のモノたちにずっと異常に執着されて、殺されそうになった理由もなんとなくわかるよね」

耀仁の言葉に、呆然としながら「そうですね……」と冬雪は頷く。

仲間たちのあべこべな行動は、生まれてから二十年もの間、さんざん冬雪を苦しめ続け、死の寸前までいきかけた。

けれど、仲間たちはずっと冬雪のそばにいた。一人、異端の者——人間に生まれ変わってしまった冬雪を、一度死なせ、仲間に戻そうと、彼らの流儀で頑張ってくれていたのだ。

しばしぼんやりしたあと、冬雪はハッとして訊いた。

「あの……俺、気持ち悪くないですか？」

「なんで？　前世なんて本当にいろいろだよ」と耀仁はいっこうにかまわない様子で笑った。

「僕なんか、占い師によると陰陽師として一番力があった昔のご先祖の生まれ変わりだとか言われたけど、その人、帝のためにずいぶん敵を殺してるみたいだし。挙句の果ては殺されて終わってるしで、どっちかというとその前世のほうが引かない？」

そう言って彼は肩を竦める。ホッとして、冬雪は前世がどうであっても関係ないと言ってくれる彼に感謝した。

耀仁のおかげで、生まれ変わったあとの現世、今が一番大事なのだと思える。

まだ彼には伝えられていないが、京都にいる間、いいことはもう一つあった。

『おう、久し振り。悪かったな、ずっと電話に出なくて』

唐突に拓也から電話がかかってきたのだ。

何度か彼にはメールを送って謝罪をしたが、返事がくることはなかった。怒鳴る気も起きないほど激怒しているのだと思って反省していたが、意外にも電話をかけてきた彼の声は明るかった。

『あのあと、最初は雨宮耀にすげームカついてて、あることないことネットにでも書いてやろうかと思ってたんだけどさ……「生き方変えたほうがいい」「恨みを買い過ぎてる」って言葉がやけに引っかかって』

言い辛そうに話す彼によると、冬雪にエキストラのバイトを紹介してくれた頃、実は彼の斡旋にはもうほとんど誰も返事をしなくなっていたそうだ。給料を何割も引かれて割に合わない、だったら自分で探したほうがいい、というのが施設出の者たちの言い分だったらしい。

『あの頃、ちょっと悪いことが続いてて、でも誰も「生き方変えろ」なんて俺に言ってくれる人はいなかった。賭博のグループにも切られたから、手元には借金だけが残ってたし、恨まれながら仲介料取ったりするのが嫌になって、心機一転、地方の自動車工場に転職して、今は毎日バリバリ働いてる』

借金も少しずつ返せてるよ、と言われて、冬雪は拓也の変わりように驚いた。

あのとき、耀仁の言葉をきっかけに拓也の人生がいい方向に変わったのだとしたら、これ以上のことはない。

今自分がどうしているかは伝えられなかったけれど、拓也の声が穏やかで、落ち着いた暮らしを送っている様子なことが嬉しかった。

『もう職は紹介してやれないけど、困ったらまた連絡しろよ。話くらいなら聞けるからさ』と言われて、冬雪は泣きそうな気持ちを堪えて礼を言った。

ちらりと隣にいる耀仁を見る。こちらを見た彼が小さく笑って冬雪の手をそっと握った。照れながらされるがままになりつつ、拓也から連絡が来たと伝えると、彼は嫌がりそうな気がするので、もう少し時間が経ってから伝えられたらと思う。

――あなたのおかげで人生が変わった人が、もう一人いるんですよ、と。

冬雪が光延たちの祈祷を受けたあと、膨大な数の『憑いて』いた邪のモノたちは、ただ消されるのではなく皆浄化され、輪廻の流れに組み込まれていったそうだ。

自分のように、人に生まれ変わることもあるだろうか。耀仁の熱を感じながら、新幹線の窓から外を眺めながら、冬雪は彼らの来世が明るいものであることを祈った。

＊

完全に邪のモノたちから解放されたあと、冬雪はこれからどうすべきなのか迷った。

もう何にも襲われることはない。どこで働いても大丈夫だし、耀仁に守ってもらわなくても生きていけるようになった。

恋人同士とはいえ、本当ならけじめのためにいったん彼の部屋は出て、一人で暮らしながら働くべきではないか。

だが、そのことを話そうとすると、耀仁は当然のようにこう言った。

「まさか、出ていくとか言わないよね？」

勝手に出ていったとしても、どこにいたって金を使えば居場所はつきとめられる。自分から離れようとするのは無駄だと。

もう想いの通じ合った恋人同士なのだから、同居しているのは普通だし、収入の多い方が負担しても何の問題もない。いったい、この暮らしになにを迷うことがあるのか。

確かに、他人のことなら同じように思うだろう。けれど、実際に自分が出してもらう側にいると、そうそう甘えていてはいけないという気持ちが湧く。

調理補助の仕事は、京都から戻ったあと、連絡を入れてもう一度働かせてもらえることになり、今も続けている。人間関係のいい職場で、定期的な収入を得られることは本当にありがたいのだが、耀仁に金を返すことを考えると、もっと働くべきだと思う。

病院ではフルタイムで雇ってもらえないようなので、もうひとつバイトを見つけなくては……と冬雪が悩んでいたときだった。


「あ、また『いいね』がつきました」

夕食の片づけを済ませたあと、スマホを見ていた冬雪は、頬をほころばせて耀仁に声をかける。見せて、と言う彼にスマホを向けながら、冬雪はうきうきした気持ちになった。

一番最近作ったのは、ポメ吉の顔を模した可愛らしいカップケーキだ。写真にはすまし顔でお座りするポメ吉にも一緒に写ってもらうと、莫大ないいねとリプがついて驚いた。

数か月前から、耀仁の勧めで、画像に特化したSNSに冬雪は毎日作った料理の写真をアップし始めた。

なにせ、耀仁が「僕が帰れる時間には家にいてほしい」「料理を作ってくれるお礼も、ペットシッターとしての給料もちゃんと出すから」と強く言い張るので、調理補助以外のバイトをなかなか見つけられずにいるのだ。

つまり、働けないけれど、時間が有り余っている。冬雪はそれまで以上に料理に没頭し、記念にぽちぽちとその写真をアップするようになった。

特に彼が美味しいと言ってくれた料理は、アップするときにレシピも添えるようにすると、だんだんと閲覧数が増えていき、たくさんコメントをもらえるようになって驚いた。

最初にさっぱりやり方がわからなかった冬雪のために、設定を請け負ってくれた耀仁が、『恋人と二人暮らし。彼のために作った料理です』と勝手に書いたプロフィールと『性別♂』という部分が、人々の興味を引いたようだ。

そうして、アカウントを作ってから三か月も経たないうちに、冬雪のＳＮＳのフォロワー数は十万人を超え、レシピサイトや料理の雑誌から、オリジナルレシピを載せないかという取材依頼がたびたび舞い込み始めた。更には、『うちから料理本を出しませんか』という出版社からのオファーまでもがいくつも届くようになった。

最初は迷っていたものの、「雪くんのごはんは本当に美味しいから、ぜひ出しなよ」と耀仁に背中を押してもらい、冬雪は勇気を出して一歩を踏み出すことにした。

少し前は、明日をも知れないネットカフェ暮らしでだったというのに、まさか、大好きな料理の本を出してもらえることになるなんて、本当に信じられない。しかも、それでバイトより多い額の印税をもらえることになるのだから、ほとんど宝くじでも当たったみたいなものだ。

顔出しはなし、撮影は斜め後ろや手元のみでと固く約束し、『素朴で美味しそうな彼ご飯レシピを作る料理研究家』として、今年中に何冊か料理本が出版される予定になっている。

そして、それを誰よりも喜んでくれた耀仁は、何冊も自腹で予約をしてくれた。「実家の知り合いに配ったり、自分の部屋と居間と、あと玄関に飾る用」と言ってくれていて、少々照れくさい。

しかし、実際に料理本の発売日間近になると、なぜか耀仁は急にナーバスになった。

「絶対に顔出ししちゃだめだよ。素性は同居してる彼氏のご飯作ってること以外すべて秘密にしてるｙｕｋｉくんが、実はこんな可愛い顔してるってばれたら、本気でのめりこむ奴がぜったいに出てくるからね？」

「そんな人、いないと思いますけど……」と冬雪がいくら言っても、耀仁は真剣そのものだ。

彼は本当に意外なほど嫉妬深いタイプだったらしい。

本を何冊も買ってくれるのは、もちろん応援の意味もあるのだろうが、「僕のために考えてくれたメニューと、僕のために作ってくれた料理」だと思うと、もったいなくて他の奴に買わせたくない、本当は全冊買い占めたいくらいだと言い出し、冬雪を唖然とさせた。

そして、冬雪の料理本が発売日前に重版、テレビ番組にも取り上げられるにあたって、耀仁の警戒はピークに達した。

「あのさあ、僕が独占欲塗れになった理由は、同棲しているだけの他人って間柄のせいじゃないかと思うんだ」

ある日そう言い出した彼は、続けて、「もう少ししたら、ちゃんとパートナーとして籍入れない？」と何気なく言い出し、冬雪は予想外の申し出に驚愕した。

数年前から、都内では同性同士のパートナーシップが全区で可能になった。それを機に、結婚式場もジュエリーショップも同性の客を歓迎するCMを始めている。

「まだ雪くんは二十歳だから少し早いかなあとは思うんだけど、僕はもう、すぐにでも君と結婚したい気持ちでいっぱいだから」

「あ、あの、耀仁さん、でも、お祖父さんが……」

「祖父も叔祖父も、たぶん雪くんに感謝するばかりで、反対なんかできないよ」

一条院家の当主である彼の祖父と、その弟の叔祖父が冬雪に感謝するのには、とある理由があった。

耀仁は、数年先まで入っている俳優としての仕事を終えたあとは、芸能活動を引退し、京都に戻って叔祖父の元で修行をやり直すことを考えている。

命を落としかけた冬雪の一件から、耀仁は改めて、陰陽師という現代では滅びかけている仕事がまだこの世にぜったいに必要な仕事であることに気づかされたのだという。

冬雪は俳優、雨宮耀のすごさを知っているので、もったいない気もするが、陰陽師という仕事の大切さも身に沁みてわかる。反対はできず、彼の選択をただ応援させてもらうことにした。

だが、光延たちは、どうも耀仁が修行に戻るつもりになったのは冬雪のおかげだと思い込んでいるらしい。違うと手紙で伝えたけれど、わかってもらえず、彼の実家からは季節ごとにとんでもなく豪華なお歳暮やお中元が届いてしまう。

「祖父がどうしても僕に跡を継がせたいと思った気持ちが、苦しんでた君を見て、やっとわかった気がしたんだ。爺さんが力のある陰陽師を残すために、血の濃い子孫に術を教えたかったのは、一族や自分のためだけじゃないって」

光延がこだわったのは、正しく術を継承し、困っている人たちを救える者が、世の中にはどうしても必要だと知っていたからだ。

祖父と心から和解することはまだ難しいかもしれないけれど、今後はできる範囲内で歩み寄り、様々なことを教えてもらわねばならない。

とはいえ、耀仁が修行を終えたあとも、祖父はまだ元気だろうから、実家に戻り、跡を継ぐとしてもそれはずっと先のことだ。

だから、修行に行く前に、正式に冬雪と結婚したい、戻ってくるまで、この部屋で自分を待っていてほしいのだと彼は訴える。

「修行は全部終えるまで、最短でも三年から五年はかかるんだ。すぐ帰ってくるし、そしたら雪くんがもっと好きなように料理できるようにスタジオを借りよう。一戸建てを建ててもいいし。

数年後、京都で修行に励むときも、週末ごとは無理でも、月イチかそこら、できる限りこの部屋に帰ってくるようにするから……だから、ここで僕のことをポメ吉と待っててくれるよね？」

確認するように言われて、冬雪は胸が詰まったような気持ちになった。

――ずっと一人で生きてきた。幸福な夢を見ることは諦めて、これから先もそうだと、希望を抱くことすらしていなかった。

けれど、耀仁が話す未来には、傍らにいつも自分がいる。

俳優をやめて、いつか家業を継ぐための修行に入っても、修行を終えてここに戻ってきたあとも。

冬雪が彼との暮らしに得難いほどの幸福を感じていたように、耀仁もまた、二人と一匹でずっと暮らし続けていくことを望んでくれているのだ。

そのことを、彼は言葉と行動で、毎日伝えてくれる。

「雪くん？」と返事を急かされて、手を握って引き寄せられる。

「修行が終わるまで、ずっとここで、耀仁さんを待ってます」

はにかみつつもはっきりと伝えると、足元にいたポメ吉が「アン！」と同意するように鳴く。

「ポメ吉も一緒にだね」と微笑んで、屈んで小さなモフモフの体を抱き上げる。すぐに冬雪は、ポメ吉ごと彼の腕の中に抱き締められた。

安堵した様子の彼の美貌が間近に迫る。

「雪くん、愛してるよ」という囁きとともに唇を奪われ、冬雪は幸福な時間に浸った。

END

＊ あとがき ＊

この本をお手に取って下さり、本当にありがとうございます！

二十六作目の本は現代ものファンタジーで、凄腕陰陽師の血を引く人気俳優の攻めと、憑き物体質でとてつもなく運の悪い受けのお話になりました。

耀仁のモデルは特にいなくて、小禄先生が描いて下さるイケメン俳優を想像しながら書きました。

今後は新しい演技の仕事は受けず、数年後、ハリウッドの大作にもお呼びがかかった頃、修行と冬雪との暮らしのために断って、お金のために年数本のＣＭの仕事だけは受けつつもじょじょに芸能界から身を引いていく感じかなあと思います。

先々家業を継ぐときはあっという間に噂になってしまいそうなので、お祓いの対象者から顔を見られないように、平安時代の姫君みたいな感じの御簾越しになるんじゃないかと思います。

残念ながら修行が終わるところまでは書けなかったのですが、陰陽師の正装的な狩衣に烏帽子の装束姿も出したかったです（冬雪は一枚だけ写真を撮らせてもらって、スマホの壁紙にして暇さえあれば眺めている気がします。その代わり、と耀仁にねだられて、自分の恥ずかしい写真をたくさん撮られてしまうのですが「耀仁さんの貴重な狩衣姿を撮らせ

てもらったんだし……」とか思って、何でも許してしまいそうです)
ポメ吉は、耀仁が修行を積んで妖力が安定すれば、ずっと大型犬の姿でいたり、三匹に増えたりとかいろいろできるようになるはずです。(二、三匹目の名はポメ次郎とポメ之介)
全然作中に活かせないのですが、無駄な裏設定ばかりいろいろ考えてしまいます(汗)。

ここからは御礼を書かせてください。

イラストを描いて下さった小禄先生、素晴らしく美しいイラストを本当にありがとうございました！　麗しい美貌の攻めと、可愛くて純粋な感じの受けが頭の中にある以上にお話にぴったりで感激でした。ふわふわのポメ吉もめちゃくちゃ可愛くてすごく嬉しかったです。

担当様、今回もご迷惑おかけしてしまい申し訳ありません、最後まで丁寧にご対応下さり本当にありがとうございました。

それから、この本の制作と販売に関わって下さったすべての方にお礼を申し上げます。

最後に、読んでくださった皆様、本当にありがとうございました！

現代の日本が舞台のお話はかなり久し振りなので、どうだったかなあとどきどきしています。ご感想などありましたらぜひ教えてくださいませ。今後の参考にさせていただきます。

また次の本でお会いできたら幸せです。

二〇二二年四月　釘宮つかさ【@kugi_mofu】

プリズム文庫をお買い上げいただきまして
ありがとうございました。
この本を読んでのご意見・ご感想を
お待ちしております!

【ファンレターのあて先】
〒153-0051 東京都目黒区上目黒1-18-6 NMビル
(株)オークラ出版 プリズム文庫編集部
『釘宮つかさ先生』『小禄先生』係

プリズム文庫

救ってくれたのは超人気俳優でした

2022年06月03日 初版発行

著　者　釘宮つかさ
発行人　長嶋うつぎ
発　行　株式会社オークラ出版
〒153-0051 東京都目黒区上目黒1-18-6 NMビル
営　業　TEL:03-3792-2411 FAX:03-3793-7048
編　集　TEL:03-3793-6756 FAX:03-5722-7626
郵便振替　00170-7-581612(加入者名:オークランド)
印　刷　中央精版印刷株式会社

Printed in JAPAN　ISBN978-4-7755-2985-0